VANESSA SALAMANCA

VIVE LA VIDA ÑIÑA

PRIMERA EDICIÓN
Septiembre 2023

Editado por Aguja Literaria
Noruega 6655, dpto. 132
Las Condes - Santiago de Chile
Fono fijo: 56 - 227896753
E-Mail: contacto@agujaliteraria.com
www.agujaliteraria.com
Facebook: Aguja Literaria
Instagram @agujaliteraria

ISBN
9798862683004

Nº INSCRIPCIÓN:
2022-A-5844

DERECHOS RESERVADOS
Vive la Vida Ñiña
Vanessa Salamanca
Queda rigurosamente prohibida sin la autorización escrita del autor, bajo las sanciones establecidas en las leyes, la reproducción parcial o total de esta obra por cualquier medio o procedimiento, incluidos la reprografía y el tratamiento informático

Los contenidos de los textos editados por Aguja Literaria son de la exclusiva responsabilidad de sus autores y no necesariamente representan el pensamiento de la Agencia

IMÁGENES
Diseño de tapas: Thiene Oliveira Vieitas de Magalhães
Interior: Thiene Oliveira Vieitas de Magalhães

ÍNDICE

EL COMIENZO DE MI HISTORIA

17

NUEVO AÑO ESCOLAR, TERCERO MEDIO VEN A MÍ...

25

DESPEDIDA...

31

VOLVER A EMPEZAR

35

LA LLEGADA DE MI PRINCESA

41

LLENITA DE AMOR

49

EL SACRIFICIO TIENE SU RECOMPENSA

53

MI PRIMER LOGRO, LA VIDA ME SONRIE...

59

NUEVOS AMIGOS

69

FINALIZACIÓN DE UNA ETAPA

75

NUEVO PASO EN MI VIDA

77

MI MUNDO LABORAL

81

NUEVA VIDA JUNTOS

83

SE ACABA UN AMOR

89

AMIGOS POR SIEMPRE...

93

NUEVO VERANO

99

ÚLTIMA NOCHE

103

EL REENCUENTRO EN LOS ANDES

109

EL DÍA QUE TE CONOCÍ...

115

PROMESA CUMPLIDA

125

CUMPLEAÑOS FELIZ

129

DESILUSIÓN...

139

MI CORAZÓN VUELVE A LATIR

147

VACACIONES AL FIN...
159
SORPRESA INESPERADA...
171
EL DÍA QUE TE VAS...
201
MI CORAZÓN DUELE
UNA VEZ MÁS
213
DESPUÉS DE TU PARTIDA...
219
NUEVA OPORTUNIDAD...
231
DIFÍCIL MOMENTO...
235
VOLVER A ENCONTRARNOS...
241

LA VIDA FLUYE,
MI VIDA SONRÍE

247

CATORCE AÑOS SIN TI...

253

SIMPLEMENTE ADQK... 2023

263

ÚLTIMOS SUEÑOS CON SOLE... 2023

265

AGRADECIMIENTOS

269

Este libro está dedicado a mi hermosa amiga Sole, a quien amo infinitamente. Este bello trabajo está inspirado en la conexión de amor y amistad entre dos adolescentes.

Día soleado, termina el año escolar 2001, lo mejor es pasar a tercero medio, lo triste que es el último día que estaré en el liceo Clelia Clavel. Dejo a muchas amigas hermosas, pero mi futuro no está aquí, debo matricularme en otro lugar para estudiar Contabilidad, aunque en realidad no soy muy buena para los números, pero confío que ese será mi futuro.

Llega el momento de partir, es triste alejarse de personas que quieres mucho; miles de abrazos, cariños y buenos deseos. Sé que las extrañaré, estoy acostumbrada a verlas a diario, somos un grupo de locas lindas que disfrutan los momentos juntas; nos matamos de la risa y a veces también estudiamos. Pero comienza una nueva etapa en mi vida, con otras oportunidades; me despido con emoción y camino a tomar la micro. Mil pensamientos recorren mi mente, a veces soy algo exagerada, con todo lloro, soy de piel y me encariño mucho. Me pongo mis audífonos, sintonizo la radio y disfruto del viaje con buena música. "¡Al fin a descansar, se vienen las vacaciones!, ¡¡¡verano, ven a mí!!!".

En la semana recibo una invitación de mi querida tía Male, es hermana de mi madre, una mujer estupenda, carismática, entretenida; le tengo un gran cariño. Me comenta que irá de vacaciones al sur de Chile y que me quiere llevar, para que disfrute junto a mis primas.

"¡¡¡Quéeee...!!! Esto es más que genial, volver a Villarrica mi lugar soñado, desde pequeña mis padres me llevaban a un pueblo llamado Huiscapi, hermoso, humilde, lleno de naturaleza, solo pensar que vuelvo, me da ilusión, la abrazo y le agradezco su invitación, por supuesto que iré.

Llega el gran día, vamos en tren, estoy full emocionada; me pongo mis audífonos y escucho un temazo de Los Prisioneros, mientras el tren sale de la estación rumbo a mi sur querido. Miro a mi tía Male con ojos de agradecimiento, no doy más de felicidad. Al frente de mí está mi prima hermosa, mi alma gemela. Se llama Nadia, nos adoramos, desde pequeñitas que somos unidas, la considero una hermana; tenemos casi la misma edad y físicamente nos parecemos bastante, las dos somos trigueñas; aparte de creernos las más top, la pasamos tan bien juntas. Será divertido este verano.

De repente llega mi tío Hernán, el papá de mi prima, es a todo dar, aunque a todos los primos nos tiene un sobrenombre, ni les cuento el mío, aún sigo traumada, de solo recordarlo me da entre vergüenza y risa, pero es el tío más entretenido que he conocido. Nos ofrece galletitas y bebidas. "¡Qué rico, bacán!". A mi lado está mi pequeña prima Gabriela, tiene diez años, es nuestra morenaza de sonrisa tierna, muy cariñosa. En brazos de mi tía Male va el conchito de la familia, el nieto regalón, mi pequeño Alexis, es hijo de mi primo Esteban, un guapetón que te morí, también morenazo, alto y coquetón, lo adoro, pero lamentablemente no pudo viajar con nosotros, aunque disfrutaremos a su bebé mientras los papis no están.

Estamos todos arriba y preparados para comenzar el viaje. Con la Nadia planeamos todo lo que haremos, parece un verano prometedor.

Llega la noche, me acomodo en mi asiento y me quedo dormida, debo aprovechar de descansar, es un viaje de doce horas aproximadas, llegaremos en la mañana.

Pasan las horas, amanece y el sol me pega en el rostro, comienzo a despertar, hace un frío del terror. Abro mis ojos y veo un hermoso paisaje desde mi ventana, lleno de áreas verdes. Estamos en Villarrica, qué hermosura de lugar. Respiro profundo, me estiro y me preparo para bajar. Comenzamos a buscar dónde alojarnos, en eso encontramos una casa grande y hermosa. Mi tío Hernán decide quedarnos ahí, todo es perfecto. Almorzamos y vamos al famoso lago Villarrica, el lago del amor…

"¡Esto sí que es vida!". Estiro mi toalla y me pongo a tomar el sol, quiero llegar con un bronceado espectacular a Santiago. En realidad desde pequeña que me encanta sentir el sol en mi piel, disfruto de este día y de todo lo que lo rodea.

Van pasando los días y menos ganas tengo de volver cada vez lo pasamos mejor. Comida exquisita, lagos maravillosos. Todo ha sido genial. Hago un resumen mientras observo desde la ventana de la micro, cuando aparece otro lugar de ensueño: Lican Ray, hermoso por sus paisajes y naturaleza; es mágico, lleno de energías positivas. Me fascina el aire fresco y puro que hay, necesitaba de todo esto, llevaba un estrés en mi casa… Meses de puras peleas y gritos que no me hacían bien, necesitaba buscar mi paz y aquí la he encontrado.

Nos bajamos de la micro y me voy rápido a la orilla del lago. Respiro profundo y me empapo de toda la energía, toda la belleza. Me encanta, no puedo creer tanta hermosura en un solo lugar, Doy media vuelta y visualizo a mi prima, voy hacia ella, acomodamos las toallas y nos ponemos de guatita al sol. La vista está espectacular, nos miramos y reímos, la verdad somos muy coquetas, también hablamos por telepatía, tenemos cierta complicidad, nos entendemos a la perfección. Al fijar la vista al lago notamos a unos guapetones altos, bronceados y sexys, a quienes nosotras, disimuladamente, quedamos mirando. En eso gritan de atrás:

—¡Déjense de coquetear, lachas!

Damos media vuelta muertas de la risa, como siempre, mi tía dejándonos en vergüenza. No miramos más, nuestros rostros comenzaron a reflejar un tono rojizos, mientras los chicos expresaban una leve sonrisa hacia nosotras, trágame tierra…

Es de noche, nos arreglamos y vamos a dar una vuelta con la Nadia al centro de Villarrica. Nos sentamos en una plaza a observar el ambiente, mientras yo prendo un cigarro, me siento tan libre y grande, cuando de repente se acercan dos chicos y piden fuego, aunque creo que es una excusa para acercarse a conversar, lo típico.

—¿De dónde son? ¿Qué hacen? ¿Cuántos años tienen?

Comenzamos a sociabilizar, se ven muy simpáticos, al rato estábamos muertos de la risa, contándonos sus anécdotas. Pasan las horas y decidimos marcharnos, así que intercambiamos números de teléfono para volver a encontrarnos en este hermoso paraíso.

Llega el viernes, mi mamá con mis hermanos están por llegar, al final se sumaron al viaje, así que estaremos juntos, solo falta mi papá, pero entiendo su ausencia; entre las peleas con mi mamá y las deudas, opta por trabajar y darnos nuestro espacio, aunque debo admitir que hombre más trabajador que él no existe; de todas formas, entiendo su postura y lo respeto.

Hoy nos quedaremos en casa para esperarlos a todos, haremos un rico almuerzo. Mis tíos salieron a comprar, mientras nosotras con la Nadia comenzamos a ordenar, prendo el equipo y sintonizo la radio para buscar mi música y animar el aseo. De repente se escucha su Raggamuffin y comenzamos a bailar, creyéndonos un "team", imaginamos que estamos en un programa de televisión y nos graban. ¡Qué momentazo! En eso nos sacamos la ropa, tenemos el bikini puesto; nuestra imaginación vuela, hacemos un video clip, nos creemos artistas. Hasta que quedamos solo con el traje de baño y nos volvemos locas bailando y cantando, disfrutamos cada momento juntas, porque es único y especial. En eso se escucha la reja, son mis tíos, partimos rajadas a vestirnos, pero no bajamos el volumen de la radio. Mi tía entra gritando que es algo común de ella y nos dice:

—Bajen la música, ¡tan escandalosas que son!

Al mismo tiempo, escucho la voz de mi mamá y salgo de la pieza a saludarla. El Camilo, mi hermano chico, me abraza por atrás. Mi pequeño está contento, sus ojazos azules brillan de alegría. Entra Romina, mi hermana, con su pancita de cinco meses. Se ve tan tierna embarazada, y eso que es bien difícil verla tiernucha, ya que su personalidad es más fuerte, ruda, pero aun así, su carita ha cambiado, se ve muy maternal. Atrás entra Samuel, su esposo, con su camiseta de la U, su equipo favorito, es demasiado fanático, me preocupa, no le da nunca feriado a la polera ja,ja,ja lo abrazo con cariño.

Comenzamos a servir los platos, todo era risa en la mesa, felices y alegres nos sentamos a comer; tiramos la talla, mi tía Male cuenta nuestras travesuras, los lugares que hemos visitado, los lagos maravillosos que hay en la región. Mi mamá se ve muy contenta, al fin puede estar tranquila y disfrutar.

En la tarde vamos al centro de Villarrica, en eso pasamos a una feria artesanal, debo decir que es mi debilidad. Amo toda la artesanía que existe, recorremos pasillo por pasillo, quiero comprármelo todo, llevar recuerdos a mis amigos, a mi papá, a mi mamita Rosa, en fin... Vitrineamos un poco más y luego regresamos a casa para descansar.

A diario salimos a diferentes lados, mi tío Hernán siempre con su sonrisa a flor de piel, alegrándonos los momentos, nos hace tanto reír, nos llevó a muchos lados preciosos.

Pero llega el momento de marcharnos, con la Nadia no nos queremos ir, estamos tristes; en realidad fueron tres semanas maravillosas juntas, en este paraíso llamado Villarrica. Prometemos volver el próximo año al lago y reencontrarnos con todo lo bello...

"¡Qué vacaciones junto a mi prima!". Sintonizo La Playa, de la Oreja de Van Gogh, para cerrar este hermoso viaje.

Nuevo año escolar, tercero medio ven a mí...

Año escolar 2002, ¡¡¡tercero medio!!! Estoy ansiosa y nerviosa a la vez. Me levanto muy temprano, debo causar buena impresión. Lo bueno es que en mi primer día no estaré sola, mi sobrina Paulina será mi compañera. Tengo a mi hermano mayor por parte papá, se llama Raúl, es guardaespaldas de la familia, gigante, musculoso y muy chistoso. Tiene cuatro hij@s, una de ellas de mi edad, la Pauly, somos reamigas y nos cambiamos juntas al mismo liceo ya que también quiere estudiar Contabilidad.

En eso suena el timbre de mi casa, miro por la ventana, ¡ups! Llegó la Pauly, me apuro en salir, me aplico mi colonia preferida, con aroma a dulce. Tomo mi bolso, listo, me voy, besos, abrazos y risas. Es nuestro primer día, la Pauly se ve top, pero tiene un pequeño detalle, su faldita del colegio parece babero, es demasiado cortaaaaa. En cuanto la vi me maté de la risa, sus tutos se ven espectaculares, pero se mueve un poco y se asoman sus calzones... ¡qué día!

Llegamos al liceo, hay muchos hombres. "¡Guauuu!", pienso, el liceo es mixto, antes iba a uno de puras mujeres, ¡qué vergüenza todo! Entramos a la sala y el típico piropo, un silbido, y nosotras más tiesas no poder. Nos sentamos y el profesor nos pregunta:

—¿Cuál es el curso que buscan?

—El 3D de contabilidad, profesor

Se acerca a nosotras y nos indica que estamos en un primero medio, que nuestro curso queda en el segundo nivel... "Trágame tierra". Nos paramos, mi cara es un tomate y la Pauly no para de reír. Nos largamos rápido, entre risas y vergüenza, llegamos a nuestro curso. Entramos, todos nos quedan mirando, yo miro al profe y pregunto al tiro si es el 3D, no quiero pasar otra vergüenza, me indica:

—¡Sí, adelante!

—Uf, al fin... —Miro a mi alrededor y buscamos asiento. La Pauly sigue riendo, ella es la risa en persona, lo malo es que me la contagia y parecemos tontas, pero bueno, somos así.

Llega el recreo. "¡Al finnnnn!". La Pauli me anima a salir, prefiero quedarme mirando por la ventana un rato. Comienzo a observar el ambiente, a las personas, mi nuevo mundo ya está aquí. Estoy distraída cuando de repente, tocan mi hombro con brusquedad y pego un grito asustada, mi sorpresa crece aún más al reconocer al "Chino", mi ex compañero de básica. En realidad, se llama Israel, pero por su carita oriental, aunque es más chileno que los porotos, todos lo conocemos como el Chino, vivía cerca de mi casa, pero después de salir de la básica no lo vi más, hasta hoy. Está súper grande, nos abrazamos, me agrada verlo. Eufórico, me pregunta qué hago aquí. Entre risas le cuento que es mi primer día, él lleva dos años en el Liceo Simón Bolívar. Nos ponemos a conversar y me cuenta que está en la especialidad de Electrónica. Solo nos separan unas salas. Le digo que estoy en Contabilidad. Charlamos todo el recreo y quedamos en irnos juntos a la salida.

Volvemos a clases, pienso en todo lo que se me viene, me siento más grande, tengo tantos sueños en mi cabeza, pero lo primero es enfocarme en la especialidad de Contabilidad, siento que es mi futuro. Mientras el profe pone unos ejercicios en el pizarrón para que resolvamos, todo es silencio, miro a mis compañeros y compañeras, me gusta el nuevo curso, pasan las horas y tocan para salir a almorzar. Guardo mis cosas al igual que la Pauly, caminamos por la sala en dirección hacia la puerta, cuando de repente me distraigo y choco con un chico. Nos quedamos mirando fijo. "¡¡¡Guauuu… es bello!!!", pienso, qué sensación más agradable. Tiene carita tierna y me dice:

—Hola.

Yo, con una voz algo avergonzada, respondo a su saludo.

Continúa el paso, entra a mi sala y se pone a conversar con un compañero.

Sigo mi camino, pero lo vuelvo a mirar y él me regala una sonrisa… ¡Uuuuh! Me flechó, me sonrojo y sigo mi camino, no lo puedo creer, es demasiado lindo, que vista tendré acá.

Termina la semana y me siento feliz, lo pasé increíble con mis nuevos compañeros, las profesoras son simpáticas y el inspector del colegio es a la pinta, se llama Julio, me agrada, cada vez me convenzo más de que el cambio fue la mejor opción.

Llega el fin de semana, día sábado, comienza el ring, las discusiones en mi casa son más frecuentes, la relación de mis papás no da para más. Pelean de nuevo, esto me pone muy nerviosa, más por Camilo, es fome ver tanta discusión a su edad; trato de distraerlo para que no se ponga triste, pero es complicado estar así. En la tarde me reúno con mis amigos de la infancia, tenemos nuestro propio lugar de junta, ahí llegamos todas las tardes a distraernos y reírnos de lo más simple de la vida. Amo tener amigos, me preguntan por mi primera semana de colegio y yo, fascinada, les cuento todo. Cada charla que me dan termina con un buen consejo.

Comienza mi segunda semana de colegio, cada vez estoy más ambientada. Me encanta este cambio, todo fluye como quiero. Me hice de nuevas amigas. "¡¡¡Síiiii....!!!". Somos un grupo de ocho divas, una se llama Daniela; para que se hagan una idea: una hermosa mujer, cariñosa, tierna; me encanta su pelo, es extremadamente largo, liso, aparte siempre va con diferentes looks, le gustan los peinados como cachitos, pinches etc. Eve, una mujer llena de personalidad, directa, algo seria, diría yo, pero me gusta porque no tiene pelos en la lengua, llega y dice lo que quiere, es una hermosita. Naty es más atrevida, tiene más experiencia en todo, demasiado chistosa, tiene miles de historias. Le encanta maquillarse, sus delineados de ojo le quedan a la perfección, es muy humanitaria y bella. Carol, más conocida como "la chica", es amorosa, coquetona, humilde, con un sentido del humor espectacular, preciosa. También hay otra Carol en el grupo, pero es rubia, es muy simpática, creo que es una de las más bonitas del curso, tiene pelo rubio maravilloso y cada vez que tiene vergüenza su rostro se activa de color rojo llegando a lo máximo, qué risa, pero es muy entretenida y maravillosa. Dayana es la más extrovertida, siempre tiene anécdotas que contarnos, es alocada, muy risueña y coqueta, es nuestra morenaza de labios con brillo, nunca falta labial en su boca, preciosa y con mucha personalidad. Pauly, como les conté, es mi sobrina, pero con ella no se pasan penas, es la mujer más chistosa que conozco, nos queremos mucho, ama el maquillaje y sus brillos, también le gusta cambiar de peinados a diario; me encanta tenerla junto a mí y bueno, yo no soy mucho de maquillarme, pero creo que aprenderé con ellas, soy más piola en eso, aunque para vestirme NO, amo las faldas, son mi tenida favorita, esto se debe a que me encantan mis piernas largas y bronceadas, es mi fuerte. Durante las clases las chicas se maquillan y peinan, las observo y me gusta ser amiga de ellas, me servirá para ser más pretenciosa, aunque parece que están todas en la clase de cosmetología...

Suena el timbre para el deseado recreo, voy saliendo de la sala y mi compañero Leyton me llama, en realidad su nombre es Luis, pero todos lo llaman por su apellido, me acerco a él con cara de curiosidad, es la primera vez que me habla y me dice:

—¡¡¡Te mandaron saludos!!!

Lo miro y se activa el tomate que llevamos dentro. Toda roja le pregunto:

—¿Quién?

—Fabián, de electrónica, el que te saludó la semana pasada.

Pongo cara de sorpresa, mi corazón se acelera de alegría, estoy nerviosa y él solo ríe. ¿Qué me está pasando? Me emociono y le contesto:

—Dile que también le mando saludos, con una leve sonrisa. —Me doy media vuelta y salgo a recreo con las chicas. En eso comienzo a buscarlo, trato de visualizarlo en el patio; lo veo caminar en dirección a mi sala. Me queda mirando desde lejos, nuestras miradas se cruzan, uuuiiii qué hermoso.

Viernes, último día de clases, me siento feliz. Creo que le gusto a Fabián, cada recreo cruzamos miradas, aunque debo decir que me pone tan nerviosa, pero igual lo miro, es una forma de mostrarnos interés, creo yo... Llego a mi casa, comienzan las peleas. Siento que la vida puede ser tan maravillosa, pero se hace tan difícil; no todo puede brillar como lo deseo, las discusiones de mis padres fluyen a flor de piel. Me encierro en mi pieza a ver tele por un rato, solo pienso en él... Fabián, es lo único que me distrae de toda la mierda que estoy viviendo.

Cae la noche, me preparo para salir, necesito estar con mis amigos para distraerme. Llegan de a poco a nuestro encuentro; en realidad, ese lugar es una banca al frente de mi casa, en una plaza pequeña, pero es nuestro espacio para reunirnos cada fin de semana.

    Comienzan las tallas, me mato de la risa, me encanta estar con ellos. Pienso que es increíble haber pasado todas las etapas juntos, desde jugar a la pinta hasta compartir un cigarrillo. Con la Tania tenemos una unión de más tiempo, nos conocemos de los cinco años; imagínense, jugábamos a las muñecas, a las barbies, estudiábamos juntas y ahora somos adolescentes. Nuestra amistad es única y verdadera, tengo recuerdos muy bellos de infancia, siempre me defendía de todo. Amaba tenerla, aunque más amaba su hermoso pelo, rizado y largo. Hasta hoy lo mantiene así, es muy preciosa, también tiene una pancita. "¡¡Síiii!!". Seremos tíos, sé que es muy pequeña para estar embarazada, pero ella lo asumió de forma madura y responsable, aún no sabemos el sexo, pero estamos felices. Mientras le toco su guatita, Mondy nos propone hacer una fiesta en su casa para despedir las vacaciones, y qué mejor pretexto, aunque debo decir que las fiestas en su casa son la raja. La tía Pamela, su mamá, es muy simpática y consiente a su hijo en todo, así que demás que lo deja hacerla. Comenzamos a organizar el mega evento para cerrar las vacaciones.

DESPEDIDA...

Cae el domingo… preparo mis maletas, saco toda mi ropa del closet y guardo en cajitas mis adornos. La noche anterior mis papás se agarraron feo y decidieron separarse. Nos vamos con Camilo y mi mamá donde mi tía Male a vivir. La Romina se irá con Samuel a vivir a la casa de sus suegros, y mi papá se quedará solo. No puedo creer lo que está pasando, de un día para otro mi familia se destruye. No puedo creer que debo marcharme de mi espacio, que ya no tendré mi pieza y seremos allegados. Me da mucha pena dejar todo, separarme de mis amigos de la infancia, con ellos crecí en esta casa y hoy me debo ir por el egoísmo. Termino de empacar y me quedo en silencio, siento que se me viene el mundo abajo. Me despido de mi pieza y con gran dolor echamos rumbo a casa de mi tía Male.

Todo es silencio, mi madre llora y apapacha a Camilo. Siento que debo ser fuerte y no demostrar debilidad, pero estoy llena de ira y pena a la vez. Mi papá tomó una mala decisión, nosotros debimos quedarnos y él irse. Tengo una rabia tremenda, miro a mi mamá y Camilo, debo ser fuerte para ellos.

Llegamos a casa de mi tía Male, quien nos recibe con mucho amor. De repente, mi prima me abraza y dice que todo estará bien. Lo bueno de esto es que estamos juntas, pero veo todo mal. Extrañaré tanto a la Tania, ha estado en cada momento de mi vida, en cada etapa de mi crecimiento. Siempre juntas y hoy, por primera vez, nos alejamos. Sé que debe estar triste, pero también sé que nuestra amistad no acabará, menos por la distancia.

En la noche suena mi teléfono, es el Mondy, mi amigo fiel, tantas cosas que vivimos cuando pequeños. Conoce toda la historia de mis padres, lo quiero tanto y de nuevo está conmigo, ahí, en las malas. Me pide que me tranquilice, que tenga fe, que todo se solucionará. Mientras habla, mi mente sabe que no habrá vuelta atrás, el daño ha sido muy grande. Agradecí su llamado, cuando de repente gritan por el teléfono:

—¡¡¡Te queremos, flaca!!!

Ahí está el Manolo, me largo a llorar. Él también es importante para mí, es el más grande y chistoso del grupo, ahí tirándome para arriba. Me pide que sea fuerte y apoye a mi mamá, aunque eso ya lo sé, debo sacar adelante a mi familia. Luego me saluda el Jaime y también el Richard, agradezco el cariño y apoyo en estos momentos.

Cuelgo y me tiro a la cama, ese llamado me llena de esperanza, fue un golpe de amor para mi corazón. Pienso en mi hermana Romina, le queda tan poco para tener a su hija y está tan triste, dicen que las emociones también las sienten los bebés. Lo que me deja más tranquila es que está con el amor de su vida, mi cuñado Samuel, sé que él la ayudará a salir de la pena y ser feliz. De repente, entra mi mamá a la pieza y me pregunta cómo estoy, disimulo mi dolor, le digo que estoy bien, que vamos a salir adelante. Se emociona y agradece mi fortaleza. Me conversa del colegio, dice que es mejor que falte toda la semana, ya que debemos organizarnos, pensar en cómo lo vamos a hacer y buscar un nuevo colegio para mí. Me congelo, me levanto rápido y le digo:

—Por favor, ¡no! No quiero realizar ningún cambio, quiero seguir en el liceo Simón Bolívar, ahí están mis compañeros, mi especialidad... no me quiero cambiar.

—Hija, debes ver que seguir en el mismo colegio implica un sacrificio de viajar a diario de San Ramón a Lo Prado. Es una hora de camino, sería muy pesado.

La miro con los ojos inundados de lágrimas y le respondo:
—Seguiré y me sacrificaré, me levantaré más temprano, sacaré mi cuarto medio en ese Liceo y tú te sentirás orgullosa de mí.

En ese momento, a mi cabeza vienen Fabián y mis nuevas compañeras. Siento que debo quedarme, que esas personas me ayudarán a olvidar todo lo sucedido, y volveré a sonreír.

Mi mamá me mira, me da su apoyo absoluto. La abrazo fuerte y le agradezco por dejarme seguir.

VOLVER A EMPEZAR

Ha pasado un mes desde que nos fuimos de casa, seguimos donde la tía Male. Trato de ayudar en todo lo que es aseo; en realidad, estoy muy agradecida de su hospedaje, aunque por otro lado me siento terrible, estaba acostumbrada a mi pieza, a mi espacio, y hoy invado la habitación de la Nadia. Camilo tiene cara triste, no sé qué pasa por su mente, pero claramente esto lo afecta mucho, debe extrañar a mi papá.

Vamos de visita donde mi Mamita Rosa, es la madre de mi mamá, queda a unas cuadras de mi tía Male. Amo estar con ella, es una abuelita muy preocupada y cariñosa. Nos ofrece que vivamos con ella, ya que en su sitio tiene unas piezas al costado de la casa, y aunque se deben arreglar un poco, pueden ser nuestro nuevo hogar. Su ofrecimiento me da felicidad, siendo tan abuelita, siempre se preocupa de su familia.

Cuando pequeña viví un tiempo con mi Mamita Rosa, todo un verano, podríamos decir. Me enseñó a tejer a crochet, a cocinar y también a cachurear. Sé que algunos no lo entienden, pero cachurear significa ir a potreros y ver lo que bota la gente para traerse lo mejor; en realidad, en cada junta familiar lleva a sus nietos a cachurear, es divertido, es una abuelita muy bacán, pero le gusta que le digan Mamita Rosa, nada de "abuela". Cada vez que la veo me llena de amor, la quiero hasta el infinito y agradezco tenerla junto a mí, ahora que estaremos más cerca, para darle compañía.

Lunes llego al liceo y Fabián, a través de mi compañero Leyton, me manda a decir que quiere hablar conmigo a la salida. ¡Qué emoción! Nuestras miradas y saludos se repiten a diario, quizás quiere que lo bese o pedirme pololeo. Mil preguntas a la vez vienen a mi mente, tengo un sube y baja de emociones, deseo que termine pronto la jornada, lo mejor es que hoy salimos temprano, mi espera será cortísima.

Les cuento a las chicas de mi cita, la Naty saca su cosmetiquero y comienza a maquillarme. Todas prestan sus pinturas para hacer que me vea espectacular, la Pauly me empieza a peinar y en mi cabeza me pregunto si estoy tan para la cagada, pues todas quieren arreglarme.

Llega la última clase, me voy a sentar atrás con el Leyton. Somos cada vez más cercanos, me cae súper, aunque es muy enojón, solitario, y se come mi almuerzo, además de que cada vez que puede me agarra para el leseo, pero estamos construyendo una bella amistad. Es un gordito exquisito, listo para la parrilla, bueno ni tanto, pero desde que me manda los mensajitos del Fabián, se ha convertido en nuestro cupido y nos hemos hecho bien amigos.

Le pido que me adelante algo de lo que me dirá Fabian. Me mira y me dice.

—¡¡¡Lávate bien los dientes y cómprate un chicle para que lo dejes loco!!! — mientras se burla.

Lo miro y me sumo a su risa, me agrada estar con él aunque siempre me tira tallas crueles, sé que en el fondo tiene un profundo cariño hacia mi persona.

Suena el timbre y llega el momento, me voy al baño, le hago caso a Leyton, me aplico mi colonia dulce, miro en el espejo que no haya nada raro por ahí y salgo del liceo al encuentro. En la esquina está Fabián esperándome, por dentro mi estómago se retuerce, me pongo tan nerviosa que no logro controlarme, hasta que me saluda con un beso en la mejilla.

—Vamos a una plaza —dice.

Accedo, caminamos conversando de todo: nuestros gustos, de la vida, de por qué vengo desde tan lejos a estudiar. Le explico que antes vivía en Lo Prado y que, por temas familiares, me tuve que cambiar. No entro en detalles. Llegamos a la plaza, pasamos a comprar galletas y bebidas cuando elegimos un lugar para quedarnos, antes de sentarnos en el pasto, se acerca a mí, me mira y me da un beso en la boca. Quedo congelada, mis emociones flotan, mi corazón se acelera y sus labios se unen a los míos. ¡Guauuu! Fabián me había besado, el chico de los ojitos tiernos estaba junto a mí. Me dejo llevar y cierro mis ojos. El beso es largo, hermoso, y cuando termina me mira y pregunta:

—¿Quieres pololear conmigo?

Quedo anonadada, no puedo creer que me esté pidiendo pololeo, es tan bello.

—¡Claro que sí!

Nos abrazamos fuerte, no lo quiero soltar, llevo tiempo pensando en este momento, mi corazón se siente feliz. Estamos toda la tarde juntos disfrutando nuestro amor. Siento que él también está feliz. Es un nuevo comienzo, lleno de ilusión, sé que es bueno para mí, sé que me ayudará a salir de mi gran pena; disfrutamos de una tarde maravillosa, hasta que llega el momento de despedirnos y mi ya oficial pololo me va a dejar a la micro. Todavía me queda un viaje súper largo, pero estoy tan contenta que no me importa, solo quiero estar con él y ser su polola.

Llega abril y junto a él, mi hermoso sobrino Matías, un dieciocho de abril decidió salir de la pancita de mamá, para hacerla inmensamente feliz, mi amiga Tania me llama para contarme que ha dado a luz. Mil emociones recorren mi cuerpo, mi amiga es madre, lloro de emoción. Recuerdo cuando éramos pequeñas y jugábamos con nuestras muñecas, las llevábamos al consultorio, las mudábamos; hoy tiene su propio muñeco al que llenara de amor.

Voy a visitarla para conocer a mi sobrinito, estoy muy ilusionada, quiero tomarlo en brazos, chochear con él y abrazarlo. Camino pensando todo lo maravilloso que vendría para ella, ya no está sola, tiene un hombrecito que la acompañará toda la vida. A mí igual me gustaría tener un hijo, sería el amor de mi vida, ¡qué hermosa conexión!

Llego a casa de Tania, todavía está muy adolorida por el parto, de repente veo a un pequeñito rubiecito, con ojitos tiernos, observador; lo tomo en brazos y lo lleno de amor. ¡Qué alegría! Mi amiga es mamá, es nuestro primer sobrino en el grupo, llena nuestros corazones de felicidad. Me quedo todo el día junto a ella y su nuevo muñequito de verdad. ¡Que felicidad!...

Llega el crudo invierno, han pasado tres meses, me levanto a las cinco treinta de la mañana para salir a tomar la 349, es el única micro que viaja por Santiago hasta llegar a San Pablo con Neptuno, comuna de Lo Prado. Me bajo y tomo la siguiente, que me deja en la esquina del liceo.

Hace mucho frío, estamos en la clase de contabilidad, La profe está a punto de informar las notas de la prueba coeficiente dos, tengo esperanza de que me haya ido bien, estudié demasiado, merezco una buena nota, en eso dicen mi nombre:

—Salamanca, ¡un cinco ocho!

No está tan mal, aunque esperaba arriba de un seis. Las chicas me felicitan, al mismo tiempo suena el timbre que anuncia el recreo. Todos salen desesperados, pero yo me quedo en la sala, tengo frío. De repente se asoma Fabián, mi amor, que me llama desde la puerta y dice que necesita hablar conmigo. Camino hacia él, pero se va y me espera afuera. No es lo habitual, está serio. Salgo y me entrega una carta, ni siquiera me saluda, me indica que la lea. Lo quedo mirando, no entiendo nada, su rostro es seco, no hay ningún gesto amoroso en él. Confundida, abro la carta y comienzo a leer... pero no entiendo nada. Mi corazón se acelera, me angustie, lo que estaba leyendo no era lo que vivíamos a diario, no hablaba nada lindo, me había dejado de amar, ya no era importante para él, todo fue en vano. Estoy a punto de llorar, pero me aguanto las lágrimas para terminar de leer. Siento una puñalada en el corazón. Al terminar lo miro, y con voz casi sin respiración, le pregunto:

—¿Qué pasó? ¿Qué hice de malo?

Mis ojos no aguantan más y caen lágrimas. Me mira y dice:

—Ahora léela de abajo hacia arriba. Cuando comienzo a leer, mi corazón estalla de emoción, por un momento sentí que lo había perdido todo, pero al leerla al revés hablaba de que todo este amor no había sido en vano, que me amaba.

Lo miro y le doy un largo beso, mi cabeza da vueltas y mi corazón late cada vez más fuerte. Lo empujo y después lo abrazo, siento que lo amo y que vale la pena todo el sacrificio que hago a diario para verlo. Aunque la carta la buscó en internet para hacerme una broma, se declara enamorado a través de ella.

LA LLEGADA DE MI PRINCESA

Mes del nacimiento más esperado: junio. Es un día lluvioso y está la embarrada en Santiago, lluvia por todos lados, truenos e inundaciones; apenas se puede salir y mi pequeña decide nacer hoy, tres de junio del 2002. Parto normal, salió todo bien, a mi hermana no le costó nada tenerla, fue simple y rápido, mi mamá se alista y, contra viento y marea, se va altiro al hospital para conocer a su nieta.

Con el Camilo nos organizamos bien para dar la bienvenida a nuestra sobrina, esta es la alegría que necesitamos para seguir luchando contra la adversidad. Nos vamos temprano a Lo Prado y mi mamá con Samuel al hospital. Comenzamos a adornar, ponemos globos, todo debe quedar perfecto. Llegan mis amigos de la infancia, nos abrazamos con mucho cariño y les cuento sobre mi nueva vida, los amigos que me he hecho, el cambio de casa; aunque el Manolo es el que está más cerca de nosotros, de vez en cuando nos va a visitar a San Ramón y nos ayuda económicamente cuando lo requerimos. Es muy generoso con nosotros, siento que le debo tanto, lo miró con gratitud, cuando de repente suena una bocina; salimos rápido al patio, llegó la Romina a casa, no puedo más de la emoción, estoy ansiosa. Necesitamos esto, necesitamos felicidad después de la tormenta. Miro a mi hermana y al Samuel, se ven tan ilusionados, felices; su primera hija, ¡qué emoción!

Todos queremos tomar en brazos a mi princesa Scarleth, hasta que me toca. Nos miramos fijo, le doy las gracias por existir, por la felicidad que solo con su nacimiento genera en nuestros corazones, es tan pequeñita que no dimensiona la recarga de energía que significa para nuestras vidas. Le amo demasiado y recién la conozco; estamos toda la tarde regaloneando, es un gran y hermoso día, ya soy tía otra vez.

Nueva semana en el colegio, el invierno es crudo, solo deseo que llegue la primavera, hace un frío del terror, es momento de tomar mi limusina, la 349, bueno, la micro quise decir. Viene súper llena, me subo y veo que más atrás está algo desocupada, ¡típico de la gente que se achoclona en la puerta! Camino hasta el fondo y qué suerte la mía, hay un puesto para mí. Apoyo la cabeza y brazos en el asiento de adelante, y a dormir, son las seis treinta de la mañana, en una hora más debo bajarme. Pasan los minutos y mi sueño cada vez es más profundo, me relajo tanto que me quedo zzz.

A la media hora comienzo a despertar, siento una leve caricia en mi muslo, estoy algo desorientada. Abro un ojo para mirar y veo una mano acercándose a mi entrepierna, me congelo, no sé si gritar o quedarme callada, hasta que la mano avanza y pego un grito de ayuda. Asustada, lloro mientras el hombre se pone de pie y levanta las manos como diciendo que no ha hecho nada, los caballeros que van en la micro lo increpan, yo sigo asustada, con miedo, me siento tan pequeña y vulnerable. ¿Cómo es posible que me hagan esto? En eso me abraza una señora y me lleva junto a otras a sentarme adelante para tranquilizarme. Al mismo tiempo, los caballeros de la micro mantienen la discusión hasta que uno le tira un combo e inicia una pelea. El chofer para la máquina abre la puerta de atrás y al pedófilo psicópata lo bajan de una patada. Las señoras me consuelan mientras pienso en mi papá; si él estuviera, nada de esto pasaría. Entonces se acerca un abuelito y me pregunta si estoy bien, lo miro con cara de asustada.

—¡Mi niña, yo te voy a cuidar! Todas las mañanas te veo subir a la micro, yo me subo antes que tú, por ende, te reservaré un asiento para que puedas dormir tranquila, tu viaje es largo porque siempre nos bajamos juntos en San Pablo con Neptuno.

Lo miro y le agradezco, conocía todo mi recorrido. La próxima vez estaré más atenta, me consuela y dice que esté tranquila, que nada pasara, lo vuelvo a mirar y sus ojos expresaban tristeza y preocupación, es como un ángel, desde ese día, cada vez que me subo a la micro, el abuelito me levanta la mano para avisar que tiene un asiento reservado. Yo me voy dormida en su hombro, es bello conocerlo, perdí a mi papá, pero gané un abuelito en la micro, uno que quiere darme cariño y cuidar mi sueño.

Los siguientes viajes son más a gusto, ya nos conocemos, aunque él a mí más que yo. De a poco le hablo de mi vida y de la separación de mis padres, del cambio de casa. Él me cuenta que tiene tres hijos y que la más pequeña se parece a mí. Escucho con atención, siento que cada día le tomo más cariño. Se preocupa de mis colaciones, a veces me trae galletas o me regala plata para comprar algo, me da pena recibirle, pero me dice que de alguna forma quiere ayudarme, mi trayecto es muy largo ya que salgo a las seis treinta de mi casa y llego aproximadamente a las ocho de la tarde, pero él se preocupa de que no pase hambre, es muy bueno conmigo, un ángel del cielo.

Las semanas pasan volando, con las chicas hablamos de hacer algo entretenido, un día loco, salir de lo tradicional y disfrutar. En eso, la Dayana dice:

—¡Hagamos la cimarra!

La miro y pienso: "Nunca en la vida he hecho algo así porque me da susto", pero todas dicen que sí, aunque yo sigo indecisa: "Si me pillan, mi mamá me castigará todo el año". Es tanta la insistencia que accedo. La Naty comienza a armar el grupo para invitar a algunos compañeros, la Dayana auspicia su casa, todo fluye rápido, el grupo de hombres también accede. Estoy algo confundida, no sé si decirle a mi mamá, ¿será muy tonto pedirle permiso? De pronto la Eve dice:

—¡Ya! Mañana, chiquillos, nos juntamos en San Pablo y partimos a la casa de la Dayana.

Todos se muestran contentos y yo angustiada por hacer algo indebido, pero siempre he sido algo ñoña, así que es mi oportunidad de portarme mal.

Llega el día, estoy un poco nerviosa, aunque sé que la pasaremos bien. Nos juntamos en San Pablo y partimos al carrete, llegamos como a las nueve de la mañana a casa de la Dayana, ella está happy, toda contenta. Hacemos una vaquita para comprar tragos y cosas para comer, el departamento de la Dayana es acogedor, con un balcón y hermosa vista. Observo todo a mi alrededor, deseo tener una casita bella con todo lo necesario para vivir cómoda, pienso que será tan difícil volver a eso, nuestra situación económica es tan precaria que siento que nunca saldremos de esta... Los chicos se preparan para salir a comprar, mientras nosotras ordenamos para armar el mambo.

Tenemos un día demasiado entretenido, bailamos, jugamos, nos sacamos miles de fotos, conversamos de lo que queremos hacer más adelante, almorzamos, me siento cómoda y me gusta estar en el curso, en realidad, todos son muy simpáticos y chistosos. Luis Camilo es el más respetuoso, siempre nos defiende, es como el protector de todas; es guapo, muy caballero y es nuestro Camilo Sesto, siempre nos canta y pone sus caras de coqueto, el Carrasco, revoltoso y cargoso como él solo; es el más bueno para el leseo, le gustan todas, tira pinta el hombre, el Miskulini es más piola y observador; estudioso, a veces siento que le cuesta soltarse o expresarse, pero es tela y tiene una cara bonita, el Mauri es el más maduro de todos, caballero y atento, un galán con mucha experiencia, es atractivo, me gusta su sonrisa y el Víctor es un moreno coquetón por donde se le mire, atractivo, travieso, muy chistoso y enamoradizo. ¡Qué manera de reírnos! Hablamos de los amoríos en el curso... ¡Uuuuh! Hay muchas historias que no conozco, pero en mi caso todos saben que mi corazón está con Fabito, siempre me molestan por eso, pero me mantengo fiel a él.

Después de un carrete y cimarra, de vuelta al colegio, con caña, estoy algo nerviosa, ya que el día anterior faltó la mitad del curso, podría ser sospechoso para la profesora, pero estoy preparada por si me piden justificativo, falsifiqué la firma de mi mamá, así que estoy lista por si me llaman adelante. Llega la profesora jefa y nos comienza a dar una charla, indica que el día de ayer faltaron quince alumnos de nuestro curso y que hoy pedirá los justificativos de las ausencias. Me duele el estómago, empieza a correr la lista, piden los justificativos, pero nadie entrega nada, hasta que por fin dice mi nombre. Me paro a entregar mi libreta de comunicaciones, la profesora me mira, comienza a leerlo, cuando termina lo vuelve a leer y con cara muy seria me dice:

—¡Vaya a la inspectoría!

Le hago caso y voy a la oficina, mi guata no da más de los nervios, estoy segura de que cacharon que era todo falso. "En el medio lío que me metí". Llego y muestro el justificativo, la secretaria comienza a buscar en un libro, al parecer quiere validar la firma de mi mamá. Estoy muy nerviosa. De pronto dice:

—Es falsa, anda de inmediato a la oficina del director —con un tono gélido y mirada severa.

¡Ohhhh, esto se puso más que feo!

La secretaria sale en busca del director, cuando le comenta todo, me mira con cara de enojado y me dice:

—¡Salamanca, te metiste en un grave problema!

Me quita la libreta de comunicaciones y escribe que debo presentarme al otro día con mi apoderado. ¡Shuuuu! Y enojado me grita:

—¡Retírate!

Salgo de la oficina toda asustada, mi mamá me sacará la cresta, sé que no debo dar problemas y ahora estoy en esto. Llego a la sala de clases, todos me miran, las chiquillas se preocupan por mí y me preguntan qué pasó. Les cuento y me retan, me dicen que cómo había hecho un justificativo falso, nadie más lo hizo, solo yo. A veces soy bastante tonta, ¡qué estúpida me siento!

Llego a casa, mi Mamita Rosa me espera con una tortilla de coliflor y ensaladas, ¡qué delicia para mi estómago! Aunque lo tengo tan apretado por todo lo que pasó en el día, pero para que no se sienta mal me la como igual.

Llega mi mamá, había salido a comprar con mi tía Male, con ella en casa es la hora de hablar, me siento en su cama y comienzo a contarle todo, ella se ve cada vez más enfurecida por lo que le digo. Grita y me dice de todo, dentro de eso, que la he decepcionado. Acepto su rabia, pero me duelen sus palabras.

—¡No asistiré al colegio! No iré a pasar vergüenzas contigo…

Quedo congelada, si no voy con mi mamá me expulsarán. Me voy a acostar y me pongo a llorar, tengo tanta pena. Me equivoqué y debo ser madura, resolver yo mi problema, aunque no puedo evitar sentirme sola de nuevo.

Otro día, una mañana fría. Me levanto muy temprano y trato de llegar a primera hora donde mi hermana para pedirle ayuda, no veo al abuelito, tomo la micro mucho antes, sé que extrañará mi ausencia, pero debo llegar temprano a Lo Prado. Camino a casa de los suegros de la Romina, cuando llego, desde la reja comienzo a llamar, pero ella no sale, hasta que al cuarto grito aparece la Bernarda, esposa del hermano de Samuel. Me ve y me saluda con cariño, me indica que mi hermana fue al médico con la Scarleth. Me asusto, pienso que a mi sobrinita le pasó algo, pero me comenta que solo son controles de rutina, normales, que no hay de qué preocuparse. Me tranquilizo, pero mi rostro sigue preocupado, por lo que me pregunta qué me pasa, por qué tengo esta cara. Yo en realidad estoy demasiado afligida, el colegio es una de las cosas más importantes que tengo y no puedo perder la oportunidad de estudiar allí, le cuento algo tristona lo que hice y sus consecuencias, ella me dice:

—¡Dame unos segundos, me arreglo y te acompaño!

—¿¡Qué… de verdad haría eso por mí!?

—Tranquila, mi niña, yo te acompaño para que puedas entrar al colegio, dame unos segundos.

Me seco las lágrimas mientras ella se cambia, le doy gracias a Dios por ponerme a las personas correctas en los momentos complicados, aprovecho de pedirle perdón por mi acción: "Nunca más me comportaré de esa forma", lo prometo, "debo cumplir mi sueño de salir de cuarto medio y una tontera no arruinará mi objetivo".

Llegamos al colegio, nos atiende el director, da cátedra una hora: que cómo hago esas cosas, que estoy bien catalogada, que tengo fama de niña esforzada, que no quiere saber más de faltas mías, que en el fondo sé que me tiene aprecio y también quiere lo mejor para mí, que conoce mi historia. Le prometo que me portaré bien, me deja entrar a clases y el asunto se soluciona, le doy gracias infinitas a la Bernarda, para mí fue un gesto muy lindo de parte de ella. La abrazo y le prometo que no lo haré más.

LLENITA DE AMOR

Pasan los meses y mis notas mejoran, sé que la contabilidad es mi futuro, aunque tengo muchos sentimientos encontrados; por una parte, extraño mi antigua vida con mis padres juntos, por otra, me hace feliz sentir que, contra la adversidad, termino mi tercero medio. Para mí es un gran logro y me siento orgullosa.

Hoy cumplo diecisiete años, mi corazón tiene algo de pena, de vez en cuando extraño a mi papá, la vida junto a él, sus abrazos, pero es difícil, hay muchas heridas que debemos sanar, para volver a empezar, él debe seguir muy herido y enojado. Al final nosotros elegimos a mi mamá.

Me visto, deseo que este día esté lleno de amor, lo necesito. Salgo a tomar la micro, me subo y miro hacia atrás, ahí está el abuelito con su mano alzada, esperándome. Me agrada verlo, cada vez que me lo encuentro sé que voy segura. Pago y camino hacia él, nos saludamos y conversamos de la vida. Le cuento que estoy de cumpleaños, abre los ojos llenos de asombro y me dedica unas palabras muy emotivas, dice que se siente orgulloso de mí, que admira mi fortaleza y ganas de sacar a mi familia adelante. Lo miro emocionada, pienso: "En tan poco tiempo que me conoce y se siente orgulloso de mí". Le doy un beso y agradezco sus cuidados en la micro, es un gesto que nunca olvidaré. Llega el momento de bajar, me agarra la mano y dice:

—Tome, hija, para usted.

Pero es dinero y no quiero recibirlo, de hacerlo me sentiría aprovechadora, hasta que dice:

—¡Es tu regalo de cumpleaños!

Lo miro y agradezco, nos despedimos y sigo mi camino hacia el colegio, llego súper temprano, me quedo en el patio y me pongo a escuchar música en mi personal estéreo, cuando de repente me asustan por atrás, es Fabián, que me abraza fuerte y dice:

—¡¡¡Feliz Cumpleaños!!!

Nos besamos, mis ojos se llenan de alegría cada vez que lo veo. Me entrega su regalo, lo abro y es un peluche de corazón, con su perfume. Lo huelo y es su aroma, "mmm, mi amor", pienso. Tocan la campana, vamos a clases, todos me saludan y cantan el cumpleaños, recibo regalitos, cariños, me siento muy especial; el inspector Julio me dice:

—¡¡Potranca, estás de cumpleaños!!!

Así me comenzó a decir, era de cariño, pero también por mis piernas extremadamente largas. Le respondo:
—¡Sí!
Me abraza con cariño, siento que lo quiero, siempre me da consejos de superación. Su cariño es sincero, también el director se suma a los saludos. Tengo un día maravilloso en el colegio, repleto de amor.

Llego a casa, mi Mamita Rosa me espera con su riquísima tortilla de acelgas, una de mis preferidas, también llega mi tía Male, mi tío Hernán, mis primos y mi mamá, que saca una tortita y me cantan cumpleaños. Mi hermano solo me abraza, es un bello día y lo termino acostadita, sintiéndome querida por muchos y agradeciendo el nuevo año que vendrá.

Fin de año al fin, los últimos días de clases tenemos que disertar, es nuestra última nota, estoy nerviosa, debemos prepararnos para sacarnos la mejor calificación con las chiquillas; todas estamos vestidas formalmente, yo con un atuendo hecho por completo de ropa de mi prima y hermana, tenemos las mismas tallas, aunque las chalas me quedan justas, pero ese es un detalle que nadie notará.

Estamos listas para salir, estoy nerviosa, comenzamos la presentación, nos vemos todas súper interiorizadas en los temas. Debemos ponerle ganas, se ven tan bellas. Observo a cada una, son únicas. Pasan los minutos y cada una expone, es eterna la disertación, hasta que por fin llegamos al último punto y la Dany lo cierra. Todos aplauden, me siento feliz, nos va mejor de lo que pensé. Al final todo vale la pena, nos sacamos un seis, excelente nota para cerrar el año.

Suena el timbre y me animo a salir, cuando de repente siento un ruido extraño y pierdo el equilibrio, miro la chala: se ha salido todo el taco. ¡¡¡Nooooooo!!! ¡¡¡Maldición!!! ¿Por qué a mí? Vuelvo a la sala con rabia, me pasa porque las cosas no son mías. Enfurecida conmigo misma, me siento en la ventana mirando todo, pensando en tantas cosas. No estoy molesta por el taco, estoy molesta porque es mi primera vez con tenida formal y me pasa esto. Aparece Fabito y me dice que salga al patio, pero yo me niego rotundamente. Él no entiende mi enojo, me da vergüenza decirle lo que me pasó. De repente se me cae una lágrima, él exige que le cuente qué pasa, le muestro mi zapato y me abraza, dice que son detalles, pero para mí va más allá. Me consuela hasta que tocan el timbre para entrar, nos despedimos y le aviso que saldré cuando todos se hayan ido para que nadie me vea cojeando. Se ríe y me dice:

—¡¡¡Eres loca, pero te esperaré en la salida!!! —Me da un beso y se va.

EL SACRIFICIO TIENE SU RECOMPENSA

Recuento del año: tercero medio logrado, enamorada de Fabito; me quiere, me cuida y me quita mis penitas. Mi mamá dijo estar muy orgullosa de mí, eso llena mi corazón. Todas las chiquillas pasan de curso y bueno, con el Leyton nos hacemos amigos forever. Creo que ya me quiere, aunque nunca me lo dice, es nuestro cupido, lo malo es que se sigue comiendo mi colación.

Salgo del colegio y me pongo a buscar pega de inmediato, debo pagar la mensualidad de tercero medio, que mis padres se separaran hizo que no hubiera plata para pagar, así que tengo que firmar un compromiso de pagaré para seguir en el liceo. La vida se pone difícil a mis diecisiete años, pero lo lograré, solo debo enfocarme en sacar mi cuarto medio y titularme, ese es mi objetivo.

La suerte me acompaña, comienzo a trabajar como vendedora en la Estación Central, tengo ilusión de hacer de esta Navidad algo bello, quiero comprarle un regalito a mi hermano, deseo que esta navidad sea mágica y llena de regalos para él; sé que nuestra situación económica ha empeorado, pero tengo ilusión de que el nuevo año será mejor para los tres.

Por fin es domingo, día de descanso, mi Mamita Rosa prepara un rico almuerzo. Mmm, mi viejita es seca para cocinar. Llegan visitas, ¡qué bacán! Disfrutaremos este domingo con compañía. Voy a saludar, como siempre mi tía Vero (hermana de mi mamá) me abraza y elogia todo el rato. Ella es la tía que me recuerda lo hermosa que soy, es muy bacán conmigo, junto a ella vienen mis primos y tío Juan Carlos, una visita inesperada. Almorzamos y pasamos la tarde muertos de la risa. Debo decir que mi primo Juan Carlos es un plato, es el mayor de los hijos, cuenta chistes, muy divertido, siempre sale con sus tallas alegrando a todos. Recuerdo que en pleno invierno, estábamos en las piezas acostados con mi mamá y mi hermanito Camilo, cuando de repente entra un hombre con un abrigo largo y negro, bufanda, gorro, una barba gigante y una biblia en la mano. Entra predicando la palabra de Dios. Con mi mamá no entendíamos nada, no lo reconocemos en ningún momento, hasta que de repente se saca el gorro y se larga a reír, todo fue risa esa noche; disfruto tanto tenerlo, nos alegra el corazón cada vez que puede.

Al rato mi primo Rolito, uno de los más guapos de la familia, enfermo de caballero y galán, me da una invitación para una fiesta cerca de donde él vive, miro a mi mamá con cara de gato con botas y con pesadez responde que sí, pero con ganas de decir que no. Solo porque es el Rolito me deja, así que nos ponemos de acuerdo para que me venga a buscar el próximo finde.

Al rato llega el Camilo con mi primo Sebita, tienen la misma edad, están todos transpirados de tanto correr. ¡Qué asquito! Mi tía le lava la cara y le cambia la polera, ya se hace tarde y deben volver a su hogar. Camila, la hija más pequeña y regalona de todos, por lo mismo, mamona, no suelta a mi Mamita, se pone a llorar porque no se quiere ir. Nos despedimos con mucho cariño, nos abrazamos y decimos adiós, pero mi tía se devuelve con cara misteriosa, agarra mi mano y me entrega dinero.

—Esto es para ti, cómprate alguna cosita que necesites.

La miro agradecida, ella sabe que tenemos necesidades. Le agradezco su preocupación, nos despedimos y deseamos una hermosa Noche Buena.

Llega Navidad, es nuestra primera fiesta fuera de casa y sin mi papá, estamos algo tristes. Voy en la micro, son las diez de la noche, tengo la guata apretada, el jefe nos hizo salir tarde porque la gente estaba loca comprando a última hora, me siento agotada, ni almuerzo tuve. Miro por la ventana, tengo un poco de pena, pienso en mi papá, la pasará solo, pero así están las cosas, nada puedo hacer. Mi mamá me dijo que pasaremos la Navidad con mi tía Male, quizás para hacer un poco más ameno el momento. Pienso en mi hermana, es su primera Navidad lejos de nosotros, pero también es la primera con su hermosa familia, sé que ha sufrido nuestra lejanía, y a la vez, no se ha olvidado de nosotros, quiero que se concentre en su vida y sea feliz.

Al fin llego a la casa de mi tía Male, me ducho rápido, son las once treinta, le doy gracias a Dios por llegar antes. Dejo el regalo del Viejito Pascuero en el árbol para mi hermano, todos han cenado ya, pero mi tía me tiene el plato listo para comer.

—¡¡¡Oh!!! Está riquísimo.

Me lo devoro todo en un dos por tres, tenía mucha hambre. Nos preparamos para ir a dar la vuelta y buscar al Viejito Pascuero, Camilo lo busca ilusionado, feliz, hace rato que no veo esa sonrisa en su carita. De repente gritan:

—¡Llegó el Viejito Pascuero!

Son las doce de la noche, la Gaby y el Camilo vuelven corriendo a la casa para abrir sus regalos. Están como locos en el árbol, a mi hermano lo llenan de obsequios, tiene más regalos de los que pensé que tendría. Mi tía Male y mi tío Hernán se han encargado de darnos una hermosa Navidad, llena de emoción y felicidad. Los miro con gratitud, mi corazón se alegra de ver a mi hermano tan feliz. Creo que este día nunca se me olvidará, mis tíos han sido muy buenos, nos han apoyado y velado por nosotros, estaré eternamente agradecida por todo esto.

    Se asoma el verano y es totalmente diferente al anterior, cómo nos cambia la vida. El año pasado estaba guatita al sol con mi prima fumándonos un cigarro, teniendo la mejor vista, y hoy me encuentro encerrada en una bodega, sacando calcetines para el stock de las tiendas. Siento que me explotan, me hacen subir y bajar sacos que yo calculo, pesan como cuarenta kilos, pero las compañeras dicen que yo debo hacer esta pega, soy la nueva, típico que te revientan si lo eres. Quedo de verdad muy agotada, pero con esta pega podré comprar mi uniforme, la mochila que llevo mirando tras vitrina desde hace cuatro meses y hasta pagar la mensualidad que debo. Lo bueno es que tengo libre los domingos, así que me haré el tiempo de visitar a mi sobrinita Scarleth, también iré a ver a la Tania con mi Mati, los extraño tanto, mi vida se ha convertido en pega y más pega.

MI PRIMER LOGRO,
LA VIDA ME SONRÍE...

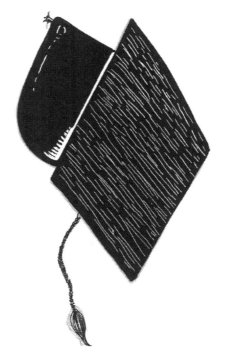

Nuevo comienzo, nuevo año; 2003, suerte para mí. Estoy ansiosa, me compré toda la ropa del colegio, una mochila roja que anhelaba y hasta me alcanzó para los útiles y una mochila para mi hermano. Mi papá de a poco comenzó a acercarse al Camilo, le compró toda la ropa del colegio a mi pequeño. Conmigo no quiere nada, la última vez que lo vi lo insulté feo, claramente actúe bajo la emoción de la rabia e ira, aún tengo esa molestia, pero se lo dejo al tiempo, él determinará si nuestras vidas se deben unir otra vez, por mientras sigo mi camino, aunque debo admitir que cada vez aparecen más papás postizos, que me quieren ayudar. Haber venido a vivir a san Ramon, pude conocer la juventud de mi mamá, volvieron sus amistades de infancia y también su pololo de la vida Gerardo, tuve el privilegio de conocerlo; es muy simpático y del día uno que me vio, comenzó a decirme hija de broma, tomamos confianza rapidito y yo le digo papi, es muy amoroso, mi mamá me contaba que ellos estaban súper enamorados y por cosas del destino no se quedaron juntos, pero hoy son muy buenos amigos, a mí me cae muy bien.

Llega marzo y al colegio me voy, me arreglo, hoy veo a Fabito, nuestra relación en el verano se basó en solo llamadas telefónicas, no pudo ir a verme y yo tampoco a él, ya que trabajaba todos los días. De todas formas, sé que mi amor por él continúa intacto, espero que siga enamorado de mí.

Me reencuentro con mis compañeras, ¡¡¡guauuu!!! Muchos abrazos, muchos besos, extrañaba a mis amigas, hay que decir que las chicas hicieron un magíster en cosmetología, llegan súper maquilladas, me da gusto verlas, sobre todo a mi Dani, con ella tenemos algo más especial, es única, me encanta estar cerca suyo, siento la energía de su amor hacia mí, es un ser de luz que llena mi oscuridad. Al fondo está mi gordito, mi Leyton, con su mirada bajo perfil. Me siento junto a él, no me dice nada, lo abrazo y me esquiva, no le gustan los afectos, pero yo más lo aprieto, sé que me quiere, que me extrañó y se pone contento al verme aunque diga lo contrario, lo leo. Más allá están los galanes del curso, todos con nuevo look, se ven súper guapos… De repente me gritan de la entrada de la sala:

—¡¡¡Hueona, cómo estás!!!

Me doy media vuelta y ahí está uno de los más chistosos del curso, no podía faltar: Felipe Álvarez, un chiste. Todo tercero medio me mató de la risa y creo que en cuarto también lo hará. Lo abrazo, me siento feliz de verlo, es un muy buen amigo.

Comienza la clase con la bienvenida de la profesora, nos explica cómo será este nuevo año y yo solo pienso en que toquen recreo para ver a Fabito. Empezamos los ejercicios, las chiquillas están ahogadas, quieren puro contar lo que pasó en el verano. Lo fome de todo es que la Carol, la rubia, se retiró del colegio, quedamos todas tristes por la noticia, estaba embarazada y opto por retirarse, ojalá la volvamos a ver en algún momento y pueda terminar su cuarto medio. Tocan el maravilloso sonido del timbre, me voy en busca de mi amor, lo visualizo en el patio y voy hacia él. Nos besamos y damos un largo abrazo, no lo quiero soltar. Lo noto feliz de verme, me acaricia mi cara, me mira y seguimos besándonos sin parar. Él es mi vitamina de felicidad, quedamos en irnos juntos y pasar la tarde en la plaza para ponernos al día.

Qué maravilloso es volver, me sentía nostálgica, pero a la vez feliz, creo que el colegio me ayudó a pasar mis penas, amarguras y reencontrarme otra vez. En la última clase me siento con el Leyton, conversamos caleta, me pide sentarme junto a él en las clases de contabilidad para copiarme. Mi amigo no tiene pelos en la lengua, en realidad necesita que le explique con mayor detalle esa asignatura, no la entiende bien y yo feliz de ayudarlo, le tengo mucho aprecio. Aparte que pelamos a todo el curso mientras lo hacemos, nos matamos de la risa.

Hora de salida, ahí está Fabián esperándome para irnos juntos, pasamos a comprar cositas ricas para comer y estamos toda la tarde regaloneando en una plaza, contándonos nuestro verano, aunque el de él fue más entretenido que el mío. Lo escucho y observo su bello rostro, tenía el deseo de decirle tantas cosas, pero opto por omitir, me cuesta tanto decir lo que siento, siempre tengo miedo de ponerme demasiado vulnerable con los pololos y después depender emocionalmente de ellos, por ende, siempre demuestro poco, para que no piensen que me tienen segura; no sé por qué soy así, es una autodefensa para no sufrir creo yo.

Nuevo fin de semana, me reencuentro con las amigas de mi prima Nadia, pasamos una tarde divertida de chicas y cervezas. Hoy tengo más tiempo, ya que se acabó la pega en la Estación Central y tengo mis fin de semana libres. Al rato llega la Quissy, la más grande del grupo, lo digo en edad, ya que en porte es una de las más pequeñas. Nos comenta que en el supermercado que está trabajando están recibiendo personas para empaque los fines de semana, la miro y le digo ¡Yo quiero! me interesa.

Es mi solución, de esa forma yo podría estudiar y trabajar a la vez. Me pongo súper ansiosa y contenta, es lo que necesito, dinero y estudio, no puedo estar todo un año de nuevo dependiendo de la caridad de todos, debo mantenerme solita, así que quedamos en asistir el domingo, ella me ayudará para que me dejen.

Llega el día, nos vamos con la Quissy al supermercado, me entrevistan y el jefe me deja de inmediato. Llegamos a las ocho y a las nueve ya estoy trabajando, pretendo quedarme hasta el cierre, debo esforzarme. La Quissy está en su caja, yo soy su empaque, algo nuevo para mí. El jefe me da buena espina, los guardias son muy pesados, pero enfocándome en mi trabajo todo saldrá bien. Mi mamá me llama durante el día para saber cómo estoy, la dejo tranquila indicándole todo, al fin tendremos una entrada más para nuestro pequeño hogar.

Nuevo día, ya está saliendo el solcito, me siento un poco desanimada o quizás cansada, las chicas intentan subirme el ánimo, me quieren maquillar, pero ni eso quiero. Sé que son momentos, pero a veces me pasa que me aburro de todo. Voy a la inspectoría para ponerme al día con la deuda, me habían dado plazo hasta junio, pero prefiero no dilatar más el pago, aparte, no quiero pasar más vergüenzas y que me llamen adelante. Lo maravilloso es que este es el fruto de mi trabajo, así que me acerco a la oficina y le digo a la secretaria que vengo a pagar mi deuda. Me pide mis datos, comienza a buscar los antecedentes, observo el patio, no veo a mi Fabito, miro a la secretaría y sigue buscando, luego me dice:

—Deme unos minutos, debo validar en el sistema ya que no me aparece deuda en los libros.

La miro desganada y continúo la espera, cuando de repente la secretaría vuelve y me dice:

—Mi niña, en el sistema no existe deuda.

No entiendo nada, le digo:

—¡¡¡No puede ser!!!

Pero me repite:

—¡¡¡La deuda está saldada, no hay nada que cancelar!!!

—Disculpe, debe haber un error porque recién empezaré a pagar las letras.

—No puedes pagar nada porque no hay deuda.

Quedo plop, no entiendo nada, en marzo tenía una deuda y ahora, en abril, no hay nada. Le doy las gracias con mis ojitos llenos de emoción, me dirijo a mi sala, toda confundida, no entiendo, ¿alguien ha pagado la deuda, alguien me quiso ayudar? Mi emoción brota y me largo a llorar, ¿quién fue esa persona? ¿Quién hizo tan noble gesto? Respiro profundo, seco mis lágrimas, voy emocionada a mi sala, me siento en silencio y le sigo dando vueltas a tan hermosa acción, si supieran lo que me ayudan, no sé quién será realmente, pero lo lleno de bendiciones, pienso en el inspector Julio, es una persona especial en mi vida, he recibido mucho apoyo y comprensión de su parte, pero el abuelito de la micro también se suma a las ayudas, aunque no sabe dónde queda mi Liceo. De mi papá tampoco sé, no lo veo hace más de un año, en realidad no sé quién fue, pero qué hermoso gesto, a veces perdemos a seres importantes en nuestra vida, pero ganamos ángeles que nos ayudan y protegen en cada momento.

Pascua de resurrección, viene el conejito a visitar a mi hermano, trabajo todo el día para llevarle una sorpresa. Termina mi turno y voy a comprar miles de huevitos, quiero regalonearlo, siento que él aún tiene mucha pena, es muy difícil cambiar la vida que llevas, pero trato en lo posible de regalarle momentos de felicidad. Termino de comprar entusiasmada, son muchos chocolates para él, salgo y me voy rápido para llegar antes de que se duerma.

Al fin en casa, abro la puerta, mi mamita Rosa ya está durmiendo son las once de la noche, espero mi pequeño aun este despierto, sé que sabe que no me olvido de él, entro a la pieza y ahí está el en su camita y su mirada me dice: "Sé que traes algo". Me siento en su cama, lo abrazo y le entrego todos los huevitos. Se pone muy feliz, comienza a tomar todo de la bolsa, desesperado, y mi mamá mira emocionada. Al fin le saco sonrisas a mi pequeño. Me da un abrazo de agradecimiento y comienza a comérselos todos. ¡Apenas nos dio! Jajaja.

Una nueva semana llega y con ella las clases de cosmetología para quitarnos la cara de poto. La Naty y la Dany sacan su cosmetiquero y comienza la sesión. ¡Qué manera de pintarse! En eso la Dayana nos pide atención, ya que quiere dar una noticia. Se para, nos mira seriamente y dice:

—Lo que les voy a decir es muy importante y espero que me apoyen.

Todas la miramos sin entender, mientras la Eve dice:

—¡¡¡Déjate de tanto sermón, ¿qué nos quieres contar?!!!

Todos los ojos puestos en la Dayana y con una carita emocionada:

—¡¡¡Chicas, estoy embarazada!!!

—¡¡¡QUÉ.........!!!

Quedamos plop, anonadadas con la noticia. Nos levantamos y comenzamos a abrazarla, con nuestros ojos llenos de lágrimas. En mi mente pienso: "Otro sobrino más".

Ella es la locura en persona y bueno, se nos adelantó. Celebramos y comenzamos a cuidar a nuestro sobrinito. Las semanas pasan y nosotras andamos pendiente de sus antojos, de si está bien. Igual es bello ver crecer su pancita, estamos todas muy ilusionadas y la ayudaremos para que termine su cuarto medio. La verdad, a mí me importa mucho que saque su especialidad. A todas les inculco terminar con buena nota la carrera, y ahora más a ella, ya que con un hijo se vuelve todo más difícil y complejo. Es nuestro futuro y debemos ponerle ganas para aprender. Quizás pienso así porque sé que nunca iré a la Universidad, por ende, debo sacar este Técnico y ser alguien en la vida, aunque mis gustos van por el lado artístico; me hubiera encantado ser bailarina, pero perdí en muchos concursos de la TV, así que di por finalizado el asunto.

VIVE LA VIDA NIÑA

Ha llegado el crudo invierno, es la estación que más odio, anoche apenas pudimos dormir. La casa se llovió, había humedad por todos lados, pero el Camilo en su inocencia tapaba las goteras pequeñas con chicle y no me van a creer pero si funcionaba. Es hora de levantarse, me visto y salgo al frío a esperar la micro. Estoy muerta de sueño, pero veré a mi Fabito y se me pasará todo el cansancio. Él es como una recarga de energía para mí, me quedan unos meses más para salir de cuarto. ¿Qué pasará con nuestra relación? ¿Funcionará a la distancia? Tengo tantas dudas en mi cabeza, pero opto por dejárselo al destino.

Llego al colegio, las chicas empiezan a maquillarse, las abrazo con amor; la pancita de la Dayana comienza a asomarse, ¡qué emoción! Tareas y más tareas, los asientos contables me encantan, pero sigo agotada y solo quiero dormir. Suena el timbre, salimos a recreo cuando de repente, el inspector Julio grita desde la dirección:

—¡¡¡Salamanca!!! —con un tono de servicio militar.

Voy a él, me indica que el director quiere hablar conmigo, lo miro con cara de asustada.

—¡¡¡Pero si no he hecho nada!!!
—¡¡¡ENTRA A SU OFICINA!!!

Recuerdo lo que pasó con mi mensualidad, no sé si es ese tema; en realidad, desde que supe que alguien dejó mi deuda en cero, al único que le pregunto qué pasó es al inspector Julio, pero tampoco tiene información, solo me pide que lo olvide. Voy a la dirección, golpeo la puerta y desde el otro lado dicen:

—Pase —con seriedad.

Lo saludo con amabilidad, solo me mira. Mi mente piensa que me han pillado: "¿Me habrán visto fumar en el baño? ¡Shuuuu!". Mi corazón se acelera, el director comienza a hablar de las políticas del colegio, de la disciplina, etc.

Mi cabeza solo piensa: "¿Qué cagada me mandé ahora?". Hasta que de repente, bosqueja una sonrisa y me dice:

—¡¡¡Fuiste seleccionada dentro de muchos alumnos para entregarte una beca completa para cuarto medio!!!

Me congelo, lo miro con gratitud. Sé que entre el inspector Julio y él pensaron en mí, pues entendían mi condición, conocían mi historia y me querían ayudar. Me paro y lo abrazo agradecida, otra alegría para mi vida, esto significa mucho, esto quiere decir que no pagaré nada; el universo está junto a mí, me sigue ayudando, al fin la vida me empieza a sonreír.

NUEVOS AMIGOS

Nuevo semestre, sigo trabajando en el supermercado. Claro que en las vacaciones de invierno no tuve descanso, estuve los catorce días completos ahí. Necesito dinero, quiero comprarme ropa y teñirme el pelo, hacerme un cambio de look. Se vienen las fiestas en el liceo y quiero verme espectacular. Hago nuevos amigos en el colegio, son de cuarto medio, pero de electrónica, más bien son amigos del Leyton, él me invita de vez en cuando en los recreos a estar con ellos en un lugar del patio que lo llaman "Okupa". Todos son muy estilosos, algo rockeros, me gusta conocer nuevos mundos y aparte son divertidos, entre ellos está el Koala, en realidad no se llama así, su nombre es Manuel, pero su cara es parecida a un koala. Es primo de Fabián, también nos hemos hecho bien amigos, más bien inseparables, él es muy amable y la pasamos súper juntos, lo considero harto y también es nuestro cupido, nos ayuda a arreglar nuestros problemas "matrimoniales".

Llega el fin de semana, me debo levantar a las siete de la mañana, ya que a las ocho entregan los primeros cuarenta números de cajas para trabajar. Mi cuerpo me pide descanso, pero no lo escucho. Me siento agotada, entre la pega y el colegio no hay día en que me pueda levantar a las doce o dormir hasta decir basta. Llevo casi cinco meses así, sé que queda poco para terminar todo esto, por lo que decido tomar solo un turno hoy y salir temprano. Es sábado, quiero distraerme, así que iré a visitar a una amiga que me hice, se llama Valeska, es una buena mujer que conocí acá; junto a ella viví una de las experiencias más hermosas: EJE, un encuentro espiritual de jóvenes en el que te ayudan a aliviar tus dolores del alma y volver a creer; en realidad, a mí me hizo muy bien, apaciguó un poco el fuego que llevaba dentro. Hoy somos muy amigas, es mayor que yo, por ende, me reta, me mima, me cuida y me da mucho cariño, siempre escucha mis penas, es una gran amiga; el cambio me llenó de hermosas personas. Me arreglo y voy a su encuentro, compramos cervezas y disfrutamos de una buena tarde; pelamos, reímos y disfrutamos del momento.

Estamos a tres meses de que se acabe el año escolar, me siento tan feliz como ansiosa. Se viene mi mayoría de edad, con Fabito estamos súper bien, más enamorados que nunca, nos proyectamos a futuro. Llevamos más de un año juntos, pero no hemos intimidado; amo su respeto hacia mí, aunque los dos somos vírgenes, nunca hemos tenido relaciones, no tenemos experiencia, pero sé que cuando llegue el momento de entregarnos será maravilloso y mágico, aunque me muero de la vergüenza, ese tema nunca lo hablamos, pero sé que en algún momento ocurrirá. Cada semana visito a mi hermana, paso toda la tarde con mi sobrinita, está tan hermosa y grande, le canto y le hago morisquetas, ella solo ríe. Tengo un cuaderno donde escribo palabras para ella, en realidad, desde que nació comencé a escribirlo, quiero que cuando sea grande lo pueda leer y conozca todo lo que pasamos juntas, que sepa lo feliz que nos hizo con su llegada. La amo tanto, que solo deseo ser una buena tía para ella. Siempre la visualizo grande, toda una mujer, eso me hace sentir orgullosa, cada vez que estoy con ella trato de entregarle todo mi amor. A mi hermanito lo veo mejor, su carita ha mejorado, ya no tiene los ojitos tristes, aparte entró a un colegio junto a Gabriela, nuestra prima, lo que le hizo bien. Trato de motivarlo y entregarle atención, lo que más necesita.

Comienzo a juntarme más seguido con los chicos de la "Okupa", son a todo dar; con el Koala hicimos una promesa de amistad, consiste en que si alguna vez uno de los dos se va al cielo, debemos visitarnos en sueños para despedirnos. Suena algo cursi, pero así es la amistad. Lo quiero mucho, sellamos la promesa con dos llavecitas pequeñas, yo me la cuelgo en la pulsera y él, en su cuello. El Leyton se burla de nuestra promesa, dice que es de cabros chicos; lo miro y pienso que se puso celoso, quiere ser solo él mi mejor amigo, nadie más, pero mi corazón tiene espacio para muchos.

Llega la última clase de contabilidad, me siento atrás con el Leyton, tiene que poner atención, ya estamos en las últimas del año. En eso, me dice que mañana es mi cumpleaños y quiere hacer un panorama conmigo, así que me invita a Fantasilandia; en realidad, nunca he ido, así que será mi primera vez. Me dice:

—¡¡¡Tenemos que hacer la cimarra!!!

—¡¡¡Qué....!!! —Lo miro con cara de susto—, pero Leyton, la última vez que la hice casi me echaron

—Pide permiso a tu mamá y faltas, ñoña.

Es buena idea pedir permiso, mal que mal se trata de mi cumpleaños; esta vez haré las cosas bien.

Llega mi día, hoy cumplo la mayoría de edad, es el segundo cumpleaños sin mi papá, debo admitir que lo extraño, pero sé que aún no es el momento de acercarnos. Al final, mi mamá me deja faltar, así que me preparo para ir al encuentro, es un día prometedor.

Voy en la micro con mi abuelito protector, esta vez no le digo que estoy de cumpleaños, no quiero que se moleste en regalarme algo, ya me basta con que a diario me regale quinientos pesos para la colación. Es mucho el abuso, pero me insiste tanto que no puedo negarme. Hablamos durante el recorrido, cuando de repente me pregunta:

—Hija… ¿tú quieres seguir estudiando después de salir de cuarto?

Lo miro y le digo:

—En realidad, es mi sueño, pero tengo claro que debo posponerlo. Mi situación no me da para elegir…

—¡¡¡Cuenta conmigo, hija, yo te quiero ayudar para que puedas estudiar en la universidad!!!

Lo miro congelada, sé que no puedo aceptarlo, pero agradezco tanto su preocupación, y eso que solo nos vemos en el recorrido de la micro. Una lágrima cae por mi mejilla. En eso el me dice.

—¡¡¡Te quiero ayudar, te quiero como una hija!!!

Es un momento muy emotivo, Dios manda a puros ángeles a mi vida, con el único objetivo de entregarme amor. Lo abrazo y le digo que más adelante lo veamos, pero mi corazón sabe que no puedo abusar tanto. Llega el momento de bajarnos, nos despedimos, me agarra la mano y me entrega dinero y me dice:

—¡¡¡Feliz cumpleaños, mi niña!!!

Ohhhh… Se acordó de mi cumpleaños, realmente soy especial para él, y agrega:

—Cómprese zapatillas o lo que necesite…

Lo abrazo y le doy un beso agradecido por el enorme gesto que hace una vez más por mí. Me bajo con lágrimas en los ojos, no sé si merezco tanto, él es mi ángel guardián, creamos un lazo tan bello, en realidad me siento muy afortunada de tener a tanta gente linda cerca de mí, esa es la verdad. Camino hacia el paradero y ahí está mi amigo fiel esperando, me abraza y me dice:

—¡¡¡Feliz Cumpleaños, amiga!!!

¡Carita con corazones! Tan lindo que es mi gordito, lo lleno de besos y me dice:

—Tenemos que ir a la casa del Keko primero...
—¡¡¡Qué!!!... el Keko... ¿y por qué?

El es uno más del grupo "Okupa", algo piola, observador, simpático, me gustan sus rulos, parecen resortes en su cabeza. En eso respondo.

—¿Por qué debemos ir a su casa?

El Leyton me cuenta la historia, se ha conseguido dinero con él para invitarme. Lo miro y me largo a reír, pero cómo ha hecho eso, no sé si seguir riendo o llorar. Tomamos la micro y vamos en dirección a su casa, cuando llegamos, sale a recibirnos con pura cara de tuto y la almohada pegada a su pelo, también ha faltado al colegio. Nos invita a pasar mientras va a buscar el dinero, entramos, pero cuando abro la puerta, de pronto me gritan:

—¡¡¡SORPRESAAA!!!

Quedo de pie y congelada en la puerta, no lo puedo creer, están todos mis amigos de la "Okupa", me miran con felicidad y comienzan a cantar: "Cumpleaños Feliz...".

Lloro de la emoción, no puedo creer que están todos, no puedo creer que organizaron esto para mí, jamás pensé que era tan especial para ellos. Cuando terminan de cantar me abrazan, pero no paro de llorar. Es un momento tan emotivo, tan especial, miro a cada uno agradecida. Este será uno de los cumpleaños más lindos que viviré.

Nos ponemos a bailar, salen las chelas, fumamos, lloramos, nos reímos. Cada uno me dedica unas palabras, llenan mi corazón por completo, disfrutamos de buena música, cantamos y ponemos a cada rato un tema del grupo SK-P, Niño soldado. Es un día inolvidable, le dedico a cada uno unas palabras y les digo que este día lo llevaré siempre en mi corazón.

FINALIZACIÓN DE UNA ETAPA

A un mes de salir de cuarto medio visualizo mi entorno, estoy algo nostálgica, mientras escucho la canción de Scorpions, "Still loving you". A un mes de dejar todo este maravilloso mundo, de no estar más en la "Okupa" con los chiquillos, debo decir que hicimos un grupo de grandes amigos. Son muy especiales en mi corazón, pero queda poco para finalizar una etapa y comenzar otra en mi vida. La profesora Paulina, de la especialidad de contabilidad, me comenta que necesita hablar conmigo. Hay buenas noticias, al finalizar la clase me debo quedar un rato.

Hoy tenemos prueba así que me siento atrás con mi Leyton, una para estar más concentrada, y otra porque quiero ayudarlo. A las chiquillas les paso los torpedos, mientras voy terminando mi prueba. El Leyton, ya turnio de tanto ver mi hoja, me da risa, pero lo dejo, quiero que se saque buena nota. Una vez terminada la prueba, le entrego la hoja al Leyton y termino su prueba. Él solo mira con cara de sorpresa. Finalizamos y nos vamos al patio un rato, mientras todos terminan. Una vez afuera, nos da recreo, pero la Profe Pauly llama a Mauricio, Jorge y a mí para que volvamos a la sala y así darnos la noticia:

—Chicos, conseguí práctica para los primeros tres alumnos más destacados de la especialidad, y esos son ustedes, así que siéntanse orgullosos.

—¡¡¡Guauuu!!!

Qué felicidad, no lo puedo creer, me emociona ver que mi esfuerzo dio frutos. Todavía ansiosa, sigo escuchando, cuando de repente mi cara de felicidad se convierte en tristeza al momento en que la profe indica que debemos empezar la otra semana.

—¡¿Qué?! —exclamo sorprendida.

—Profe Pauli, ¿no puede atrasarla un poco más? —pregunto, no puedo creer lo que escucho. ¡Son nuestras últimas semanas para despedirnos y terminar el año!

—Imposible, la próxima semana deben comenzar.

No lo puedo creer, todo ocurre muy rápido, debo dejar mi uniforme y convertirme rápido en adulto, salir del liceo dos semanas antes, es lo más triste que me puede pasar, quiero disfrutar los últimos momentos que nunca más voy a vivir, pero mi futuro se adelanta, avanza a pasos agigantados, me siento indecisa, sé que es mi oportunidad, pero mi corazón quiere seguir con toda la gente hermosa que conocí hasta ahora.

NUEVO PASO EN MI VIDA

Llega la hora de salir, le cuento a mi grupo de amigas, la Dani me abraza y dice:

—Te extrañaré, amiga, me siento orgullosa de ti. Te prometo que nuestra amistad seguirá por la eternidad, pero debes aprovechar esta oportunidad, siempre vamos a estar juntas.

Todas me abrazan y me pongo a llorar, salgo del liceo y ahí está todo mi grupo querido de la "Okupa". Les cuento todo, están contentos por mí, aunque yo solo lloro. Dicen que es la oportunidad que había estado esperando y que debo asistir. Me abrazan y llenan de cariño, pero mi corazón tiene mucha pena; todas esas personas me han ayudado tanto, aunque ninguna está al tanto de que hicieron de mi oscuridad una hermosa luz. En eso, el Benji dice:

—Su, nos vamos a seguir viendo, el grupo no se acaba aquí.

Lo miro y lo abrazo, es un compañero a todo dar, aparte de ser el más rockero y estiloso, como persona es maravilloso, con una lealtad y transparencia que poco se ve, siempre entregando cariño y confianza. Lo aprecio mucho, para mí todos son espectaculares.

Me despido, mi amor me está esperando por allá. Miro a mi querido Zombie, me abraza, su nombre es Felipe, se imaginarán por qué le decimos así; aunque llevamos poco de conocernos, ya me considero su amiga, así que nos emocionamos, me da un beso y nos abrazamos. Me despido de todos y voy al encuentro de Fabián, que está enterado de lo que me pasa. Conversamos mucho, lo que más me recalca es que lo que me pasa es porque me lo merezco y que va a estar conmigo siempre. Amarlo es poco.

Al rato me deja donde la Romina, ahí me espera mi mamá, que al llegar se asusta porque ve mis ojos hinchados. Le cuento la noticia, su cara no da más de emoción, pero no entiende por qué lloro, comienzo a explicarle; con mucha felicidad, me escucha y da ánimo. Estamos toda la tarde juntas, conversamos de la vida, de nuestros proyectos. Queda un mes para que se acabe el año, mientras regaloneo con Scarleth y le beso sus patitas, ella solo ríe; la miro y siento que entiende mi necesidad, sabe que es la alegría que necesito para avanzar.

Últimos días en el colegio, me levanto y mi mamá me pide que vaya más tarde con ella, ese día debe comparecer con mi papá, llevan dos años en juicio por la casa. Lo veo perdido, pero mi mamá siempre ha insistido en recuperarla, en realidad, nunca ha bajado los brazos, nos quiere devolver nuestro hogar.

Nos vamos, no veo al abuelito para contarle la noticia, sé que se pondrá feliz, mañana lo veré y le contaré mi gran paso.

Llego al colegio, quiero disfrutar hasta el último minuto junto a todos, nuestras vidas cambiarán para siempre y es hora de crecer, extrañaré tanto este mundo. Mientras lo pienso, me interrumpe el Sendo, nuestro vendedor de alfajores y cigarrillos, todo un comerciante. Me abraza y alegra el momento, es del grupo "Okupa", muy chistoso, coquetón y buen amigo, muy caballero. Me ofrece un cigarrito para pasar el rato, cada vez que lo veo me alegra la vida. Me hace tanto reír, con él me sale esa risotada medio chillona y divertida que tengo. Lo abrazo con cariño, pienso en todo lo que se va definitivamente de mi vida; los mejores recreos que no volverán, los juegos, lo mágico que puede ser un colegio, pero debo convertirme en adulta y adquirir responsabilidades. En resumen, chao adolescencia.

La semana es caótica, con muchos trabajos por entregar. Me preparo para todo lo nuevo, llego a casa y me encuentro con mi mamá llorando y abrazando a mi hermano, voy donde ella, le pregunto preocupada:

—¿Qué pasa, mamá?

Ella sigue llorando, pero con alegría. Me mira y dice:

—¡¡¡Hija al fin recuperamos nuestra casa!!! ¡¡¡Volveremos a vivir en Lo Prado!!!

La miro congelada, la noticia es un golpe de felicidad para mi corazón, son dos años de vivir con mi Mamita Rosa, y estoy muy agradecida con ella, pero también dos años de tristezas, sacrificios y angustias. Al fin volvemos a nuestra casa, de la que nunca debimos haber salido, nos abrazamos y lloramos emocionados, le doy gracias al universo por tantas buenas noticias, finalmente, florecemos de forma hermosa.

Nuevo día al colegio, esta mañana todo se ve más brillante, el sol sale más temprano, mi vida comienza a sonreír. Me subo a la micro y ahí está mi viejito bello, cuidando mi lugar, me levanta la mano y voy hacia él. Hoy todo es diferente, todo tiene colores. Comienzo a contarle la gran noticia, me mira con una sonrisa de oreja a oreja, sabe lo importante que es para mí. Me abraza con cariño y el resto del viaje nos fuimos hablando de todo lo bueno que se venía para mí.

Es hermoso conocer gente que llena tus vacíos, aunque nuestro mundo era solo un recorrido de micro, nunca olvidaré estos dos años junto a él; me cuidó y protegió de todo, creamos un lazo lleno de amor y cariño, agradezco a Dios que lo haya puesto en mi camino, es un ángel en mi vida. Siento mil emociones juntas.

MI MUNDO LABORAL

Primer día de Práctica Profesional, me levanto tempranito, mi nuevo trabajo queda en la comuna de Ñuñoa, debo ser puntual, lo bueno es que me encontraré con mis compañeros de curso, el Mauri y el Jorge, así que no me sentiré tan sola.

Al fin llego a la oficina, estoy muy nerviosa. Me presento y me asignan un puesto. Explican lo que debo hacer, el sistema y la documentación; cada vez entiendo menos, debo concentrarme. Mi nuevo jefe me deja instrucciones y va a su oficina. Una vez sola, mi pecho se aprieta, miro a mi alrededor y mis ojos se llenan de lágrimas. No sé si estoy feliz o triste, extraño mucho a mis amigos y al Fabito. No quiero estar aqui, todo es silencioso, no hay recreos, siento que la vida se me viene encima y me cuesta aceptar un cambio tan fuerte, me falta madurar un poco más.

Termina la jornada al fin, me arreglo y el jefe dice:

—¡Nos vemos mañana! —Su expresión es de "ni se te ocurra faltar o llegar tarde".

Me da susto su rostro, me pregunto si son tan cuáticos los jefes. Lo miro con cara de terror, me despido y me voy. Camino hacia el metro pensando muchas cosas, una de ellas es que debo renunciar al supermercado, no puedo seguir trabajando los fines de semana, ahora lo hago en la semana, así que esperaré al finde para informarlo. De nuevo pienso en que dejo a mucha gente linda, personas que me brindaron apoyo y compañerismo. Agradezco a mi bella Quissy, por haberme ayudado a entrar en ese trabajo, sé que nuestra amistad continuará, pero comienza mi práctica profesional y mi objetivo es quedarme trabajando ahí y seguir creciendo.

Es sábado, un día especial para nosotros, comienza el cambio de casa, al fin volveremos a nuestro hogar. Mientras echamos todo en cajas, mi mamita Rosa nos mira con su carita triste. Sé que le duele nuestra partida, fueron dos años junto a ella, su apoyo fue fundamental para vivir, la extrañaré tanto, es una hermosa abuelita. La abrazo fuerte y le doy un besote por todo. Seca sus lágrimas. Le pido perdón por dejarla, la amo tanto, pero la vendré a ver siempre, se lo prometo.

Miro a mi hermano, se ve tan contento y ansioso. Mi mamá nos apura, pronto llegará el abuelito de la micro, que con mucho cariño se sumó a ayudarnos, pues tiene un furgón donde caben todas nuestras cositas, aunque es más ropa que nada, todo lo demás era de mi mamita Rosa. Disfruto el momento, aunque debo admitir que la relación con mi padre aún es nula, él no me busca y yo no lo busco, no sé por cuántos años más durará este enojo, por mi lado debo sanar mi corazón y no mantener odio. Quizás, con la entrega de la casa se va a suavizar todo, y en algún futuro, tendremos la oportunidad de volver a abrazarnos y perdonarnos.

NUEVA VIDA JUNTOS

Dos semanas en nuestra casa, todo es alegría, tenemos mucho espacio. Hoy es el gran día, mi Graduación de Cuarto Medio. Con mis amigos de la "Okupa" nos ponemos de acuerdo para juntarnos a las nueve de la mañana en mi casa, queremos celebrar el gran día desde tempranito. Me levanto y voy directo a la ducha, debo recibir a mis amigos, ¡qué felicidad!

Comienza el carrete, disfrutamos felices, brindamos y hay abrazos por todos lados, mientras se escucha nuestro himno: "Niño soldado" de SK-P. ¡Qué manera de cantar! Las emociones brotan en todos los ojitos de mis amigos, cada uno dedica palabras de amor. Los observo, agradezco cada momento, deseo que se congele todo y revivirlo mil veces, en realidad, ellos no imaginan todo la felicidad que le dieron a mi corazón.

Hoy será un gran día para todos, aunque para el Leyton no, la tristeza me envuelve. Mi amigo no se podrá graduar, su promedio aún no está cerrado, le faltan notas, debe rendir nuevas pruebas. Siento que es muy injusto lo que le toca vivir, la graduación ocurre solo una vez en la vida y a él lo privan de tenerla; me da tristeza, no pude ayudarlo.

Llega la tarde, mis amigos se van, me preparo para mi gran día con una rica ducha de agua caliente. Mi ropa está perfectamente planchada, me siento limpia y perfumada mientras me peino, pienso en lo orgullosa que estoy de mí misma. Al fin cumplo mi primer compromiso: sacar mi cuarto medio. De repente suena una bocina, y a los minutos tocan el timbre de mi casa. Mi mamá grita:

—¡YO VOY!

Continúo en el baño, me miro y trato de verme lo más impecable y hermosa posible. En eso escucho una voz grave, salgo a mirar con cara de curiosidad. "¿Quién vendrá de visita ahora que estamos a punto de irnos?". Me asomo y es nada más y nada menos que Gerardo, el amigo y ex de mi mamá. Me sorprendo al verlo, no entiendo por qué justo ha llegado. Lo abrazo feliz y pregunto:

—¿Qué haces aquí?

—¡¡¡Hija, ¿estás lista para tu gran día?!!!

Lo miro sorprendida y le pregunto:

—¿Me irás a dejar?

—¡¡¡Sí!!! ¿Cómo te vas a ir en micro? Es un día importante para ti.

Lo miro con los ojos llenos de felicidad y le doy un fuerte abrazo; sin duda, la vida me ha entregado seres maravillosos que me hacen feliz. Le pido unos minutos, necesito un último retoque. Me mira con su sonrisa, sabe que me da felicidad su presencia. Mi mamá está toda cocoroca, sé que no pasa nada ahí, pero se aprecian mucho.

Llegamos al Simón Bolívar, Gerardo me abraza y me desea lo mejor. Le agradezco el gesto, aunque me hubiera gustado que se quedara, pero no tenía más entradas, solo dos, y la otra es para mi hermana, ella irá en reemplazo de mi papá. Nos abrazamos y me despido para entrar.

Camino feliz, mi sonrisa es radiante. Visualizo a la Dani y voy a su encuentro, la abrazo fuerte, es mi mejor amiga del colegio. Me toma de la mano y vamos donde las chicas, nos damos miles de abrazos e intercambiamos caritas felices todo el evento. Voy donde los de electrónica, mis amigos de la "Okupa". Nos saludamos, la felicidad ronda en todos los corazones. Es un momento único, debemos vivirlo a concho, solo se vive una vez. Busco a mi Fabito, pero está más allá, le hago señas hasta que nuestras miradas se cruzan. Voy a él, lo abrazo, mi corazón late a mil por hora. Es único, agradezco tanto su compañía, su apoyo incondicional, es una de las personas más importantes que conocí en este liceo; ayudó a que mi sonrisa nunca se apagara y solo lo quiero amar.

Habla por el micrófono el inspector Julio, nos pide que volvamos a nuestros asientos, le doy un largo beso y me voy a mi lugar. Mientras habla el inspector, recuerdo a mi amigo fiel, mi Leyton. Me siento culpable, el último mes no lo pude ayudar en sus notas, me fui antes a hacer la práctica. Mi deseo era que saliéramos juntos de cuarto medio, pero hoy no está sentado aquí, conmigo, es triste la sensación, mis lagrimas recorren mis mejillas, lo abrazo a la distancia.

Comienza la ceremonia, llaman al escenario a recibir los diplomas. Estoy nerviosa, espero que cuando me toque no me tropiece ni nada por el estilo, sería un bochorno terrible. Mientras pienso eso, escucho:

—¡¡¡Susana Salamanca!!!

Llega mi momento, esa soy yo, me paro y voy a buscar el diploma que tanto me costó. El inspector Julio me abraza con cariño y dice:

—¡Lo lograste, potranca! —Ríe—. Creo que el sobrenombre irá por siempre.

Lo miro con gratitud, lo abrazo y le digo:

—Gracias por todo, inspe Julio.

Luego paso junto al director, me mira con orgullo y guiña un ojo. Le devuelvo el gesto. Mi profesora, la Mili, me abraza y nos ponemos para la foto. Mis amigos me aplauden, todo es emoción. Visualizo a mi hermana en el público, me saluda en la distancia. Vuelvo a mi asiento con el corazón que no da más de felicidad.

Termina la ceremonia, de repente viene la tía Gloria con un ramo de flores para mí. ¡Guauuu! Quedo impresionada, qué hermoso detalle. Ella era la tía del aseo. Le agradezco el gesto, ha sido muy bella conmigo, fue nuestra cupido, nos ayudaba con el Fabito a reconciliarnos, me daba consejos sabios. Es una muy linda persona y le tengo mucho cariño. Se acerca mi mamá con sus ojos llenos de lágrimas y flores para mí, la Romina toda emocionada me abraza y dice que se siente orgullosa de mis logros. Al mismo tiempo, llega mi Fabito a darme un largo beso. Se ve tan guapo con su chaqueta formal. Nos abrazamos y quedamos de vernos en mi casa más tarde para celebrar.

Nos despedimos, salimos con mi mamá y mi hermana del colegio camino a casa, cuando de repente veo a alguien que está parado mirándome con carita triste. Lo miro y corro hacia él, lo abrazo fuerte, mientras mis ojos se llenan de lágrimas. Es mi amigo fiel, mi Leyton, no paro de llorar, aunque me pide que no lo haga, pero soy algo sentimental.

—No podré ir a tu casa a celebrar, mi mamá está triste por todo lo que pasó.

Lo miro.

—Vamos a ver a tu mamá, sé que está triste, pero no quiero que dejes de disfrutar, es nuestra despedida.

En medio de la celebración, le digo a mi mamá que me iré después a la casa, que debo hacer algo antes y partimos con el Leyton. Mientras caminamos le cuento la ceremonia, él se ríe, pero sé que por dentro tiene pena de no haber estado con nosotros.

Llegamos a su casa y la tía nos abre la puerta, su ojitos están hinchados, se nota que está sufriendo. Conversamos harto, le pido que esté tranquila y trate de suavizar el tema de la graduación. Al rato le explico que queremos celebrar en mi casa y le pido permiso para que el Leyton vaya, al principio no quiere, pero al final accede y nos deja festejar este momento de cierre y de nuevos propósitos.

Ya en mi casa, mi mamá nos espera con un brindis. Las vecinas me felicitan por el gran logro, fue difícil, triste y sobre todo muy sacrificado, pero lo logré y me siento orgullosa de mí misma. Al rato llega Fabito, mis amigos de la "Okupa" y empieza el festejo. Es una fiesta inolvidable, todos estamos contentos, pasamos una etapa importante de nuestras vidas juntos, y yo estoy más feliz aún porque también hemos recuperado nuestra casa.

SE ACABA UN AMOR

Pasan los días, en nuestra casa todo va súper bien. Mi práctica no puede ir mejor, siento que la contabilidad es mi futuro y estoy contenta por haber elegido esa especialidad. Por otro lado, Fabito cada vez se aleja más, nuestra relación se apaga de a poco. No viene a verme, me llama de vez en cuando y yo siento que me deja de querer. Tengo miedo de perderlo, pero tampoco puedo obligarlo a que se quede, no sé dónde quedaron nuestras promesas y nuestro amor, quizás debo darle espacio para que recapacite, es mi momento de recuperar mis amistades de infancia y darles tiempo.

Llega Navidad, la pasaremos en casa. En esta ocasión no habrá cena ni regalos, solo tenemos la felicidad de estar todos juntos, así que lo material pasa a segundo plano. Comenzamos a ordenar; aunque sea una Navidad humilde, debemos adornar para que esté bello. Al rato suena el teléfono, es mi amiga Tania, quien dice:

—Amiga, quiero ir a verte hoy en Noche Buena, para que lo pasemos como en los viejos tiempos.

¡Guaaaau! Eso suena muy bien. Yo, feliz de recibirla, digo:

—Claro que sí, mi bella, pero no tendremos cena, no hay dinero, pero sí una rica once...

Ella exclama de inmediato:

—¡¡¡Pero Susana, no me importa si no hay cena, quiero estar contigo!!!

Le da lo mismo, solo quiere vernos y compartir junto al Matías esta hermosa Noche Buena. Le agradezco y quedamos en vernos en la noche y disfrutar, al fin estaré con mi precioso Matías, lo llenare de besos a mi bebe. Cuelgo y a mi mente se vienen recuerdos de infancia con la Tania, que de chiquititas pasábamos las navidades juntas. Nuestras madres eran súper amigas, eso ayudaba a que estuviéramos todo el día jugando, bailando; aunque crecimos y nos convertimos en adolescentes, hemos vivido todas las etapas juntas, es como una hermana para mí, así que feliz de pasar esta Noche Buena junto a ella.

Llega la noche, nos arreglamos, en eso suena el timbre, llega mi amiga y preparamos la mesa, es una noche emotiva, hoy celebramos la unión, el sacrificio y el amor que nos tenemos, al fin estamos en nuestra casa, al fin podemos empezar una vida llena de arcoíris y energías positivas para nosotros. Estoy feliz, aunque mi corazoncito sufre la lejanía de Fabian.

AMIGOS POR SIEMPRE...

Año Nuevo 2004, ¡qué rico se siente! Hoy sí hay cena, nos sentaremos a comer y disfrutar el momento. En casa, felices por nuestros logros, llegan las doce y salimos a repartir abrazos a los vecinos. Me tomo una copa de champagne, es noche de celebración, hoy saldré con mis amigos de la "Okupa". El Koala me pasará a buscar y nos reuniremos en la casa de su compañera, la Chica, será una noche entretenida. Vuelvo a la casa, me quedo en el living y me pongo a escuchar música mientras no suelto mi champagne. Tocan al timbre, mi mamá desde el patio me grita:

—¡¡¡SUSANA, TE BUSCAN!!!

—¿Quién será?

Salgo al patio y quedo en shock. Frente a mí, un enorme ramo de flores hermosas y detrás, una persona.

—Pero ¿quién es?

Mi mamá y sus amigas ríen. Con cada segundo que pasa entiendo menos, me acerco toda nerviosa y le vuelvo a preguntar:

—¿Quién es?

Silencio absoluto, cuando de repente asoma la cabeza y veo sus ojitos... Quedo congelada, mi corazón palpita a mil por hora, hasta que dice:

—¡¡¡Esto es para ti!!!

Quedo parada mirándolo, mi mente vuela a todos nuestros momentos, es mi Fabito, mi amor. Nunca pensé que haría algo así por mí, la sorpresa me encanta, no puedo creerlo, Fabito no es de flores ni nada por el estilo, pero es hermoso verlo en esa faceta de conquistador y romántico a la vez.

Le doy las gracias por su sorpresa y lo invito a pasar, nos sentamos a conversar de todo, pero algo ha cambiado en mí mientras habla, miro sus flores rosadas hermosas, pero algo me pasa, algo se apagó, el hecho de haber llorado todas estas semanas y su ausencia, fue una estaca en mi corazón; aunque pueda creer que con el hecho de traerme flores y aparecer yo me reconciliaré con él, pero ya no es lo mismo, sé que cuando lo vi mi corazón palpitó de forma alocada, pero ahora que estoy más tranquila, no siento nada. Ha venido con toda la fe de reconquistarme y continuar nuestra relación congelada, pero yo necesito más que eso, no quiero volver a ilusionarme y volver a llorar su ausencia. Me duele decirle que lo nuestro llegó a su fin, su indiferencia y poca preocupación me dolió, merezco atención. Le ofrezco más champagne y luego conversamos de otras cosas, le cuento de lo bien que me está yendo en la práctica, de la casa y él me habla de sus proyectos y los paseos que ha hecho con sus amigos. Entiendo un poco más el porqué de su ausencia, tuvo panoramas todos los fines de semana. No le digo nada, solo escucho. En eso llega el Koala, nos saludamos e invitamos al Fabito al carrete, se anima y nos vamos.

La noche y el baile se adueña del momento, Fabian me mira a la distancia, tiene cara de pena, yo lo veo y pienso si es lo correcto rechazarlo, pero me dolió demasiado su indiferencia, prefirió a sus amigos y a mí me dejó sola. No quiero sufrir más por nadie, sé que fue importante en mi vida, casi dos años juntos, con muchos planes a futuro, respetándome siempre; todos estos años esperó a que yo estuviera lista para que nuestra relación pasara a otro nivel. Creo que fue lo más bello, queríamos que ese momento fuera único y especial, los dos éramos vírgenes y eso hacía más especial nuestra relación, pero no puedo perdonar su lejanía y desamor. Le damos punto final a nuestra hermosa historia de amor.

NUEVO VERANO

Llega el verano, nos vamos a la playa con mis amigos de la "Okupa". Nos ponemos de acuerdo para vacacionar en El Quisco. ¡Sol, playa y arena, qué mejor! Con el Leyton viajamos un fin de semana, los demás ya están allá. Vamos en el bus y su tema es todo el rato el Fabián. No entiende nuestra separación, así que solo le recalco que ya no quiero sufrir más y que estoy mejor sola. El Leyton me mira y solo ríe. A este gordito no le puedo mentir, pero debo hacerme la fría para que yo misma me la crea y no lo busque.

En El Quisco al fin. Qué rico, aire delicioso. Tomamos las mochilas y caminamos hasta las cabañas. En eso llega el Carita, un amigo más de la "Okupa", en realidad se llama Felipe, pero le decían así en el colegio. Tiene unos ojos grandes y expresivos, es el más tiernucho del grupo, un verdadero conquistador, siempre andan detrás de él, se lo pelean. Nos abrazamos y caminamos hacia las cabañas, mientras nos cuenta las aventuras que han tenido.

Llegamos y hay una fogata gigante, de fondo se escuchan los Creedence, "Have you ever seen the rain". Qué buen tema. Se acerca el Keko todo alegre con una botella de cerveza, dándonos la bienvenida. Atrás viene el Bastián, con toda la personalidad a saludarnos, él era el más vergonzoso del grupo, algo tímido, me asombra verlo con esa actitud. Me abraza con cariño y en la fogata está el Benji con el Koala, esperándonos para comenzar. Llegamos, nos sentamos a disfrutar de la fogata, cuando de repente aparece el José, sale contento de la cabaña a saludarnos, es el más estiloso de todos, su ropa retro es única; morenazo y guapetón. Esa noche cantamos, reímos, aunque faltaban varios del grupo, pero entendemos que no todos tienen el tiempo y las lucas para viajar, así que nos proponemos tener un rico finde junto a este bello mar.

Nuevo día en el Quisco, me levanto temprano para hacer un rico almuerzo, los chicos siguen durmiendo, y ya con el Leyton nos preparamos para armar la comida. Al rato, ¡sorpresa!, llega el Chino con su polola a almorzar. De hace rato que no lo veo, y eso que vive al frente de mi casa. Nos abrazamos y empiezan a levantarse todos. Debemos almorzar pronto para bajar a la playa y disfrutar. Ya sentados, comemos unos ricos tallarines con salsa, preparados por mí. Tema de conversación en la mesa: planificación del finde y dónde iremos, yo solo quiero bajar pronto a la playa y descansar.

El día está caluroso, delicioso para bañarse. Mientras los chicos se animan para meternos todos juntos, aún no me saco la ropa, es mi primera vez en bikini frente a ellos, estoy toda urgida, me da vergüenza; en realidad, siempre he sido algo pudorosa. Los observo y veo que nadie está atento a mí, rápido comienzo a sacarme todo y hago como que nada pasa, finjo ser natural, aunque por dentro quiero una toalla y taparme completa. Trágame tierra, mi cara está roja, cuando de repente se van todos corriendo a bañar y me quedo parada mirándolos. Veo el lugar, están todas las mochilas tiradas, indirectamente me quisieron decir que me quedara cuidando las cosas. Linda la cuestión, así que pongo la toalla en la arena, me aplico aceite bronceante y tomo el sol; al fin a descansar.

En la noche vamos a carretear a un sector de las rocas, en El Quisco. Llevamos cervezas y vino para el momento, la noche promete, en realidad, cada vez que estoy con el grupo me siento feliz, querida, todo es maravilloso. Ha crecido un afecto mágico por cada uno, el Carita invita a los vecinos de cabaña para que se unan al carrete, acceden y nos acompañan a la playa. Nos vamos juntos a disfrutar, llegamos y nos instalamos. El Benji saca su radio con pilas para el momento, la buena música no puede faltar. Los vecinos eran también de nuestra edad, comenzamos a conocernos, hablamos de nuestras vidas, nuestro grupo, cuarto medio. Al rato me acerco a conversar con Taty, se ve demasiado tierna, su voz es cálida y tiene demasiado estilo para vestirse. Es amable, me gustan sus trenzas tiradas a dreadlock. Conversamos y altiro me cayó bien, es demasiado chistosa. Pasan las horas y ya éramos las mejores amigas, cada vez que teníamos ganas de hacer pipí, nos perdíamos del grupo y caminábamos por las rocas algo ebrias, inventando que estamos escalando rocas gigantes, muertas de la risa. Éramos unas locas felices, nada más.

Comienza a amanecer, llega el momento de despedirnos, abrazo a mi nueva amiga Taty, quedamos en vernos mañana, será la última noche para disfrutar y terminar estas minivacaciones. Nos despedimos, estamos muertos, yo solo quiero mi cama y descansar. Me tapo y quedo zzz.

Buenos días, el sol está radiante, hace calor. Ni idea de qué hora es, me levanto, es el último día y quiero disfrutar. Con los chicos hacemos almuerzo, todo es alegría en este hogar, nos preparamos para bajar a la playa, disfrutamos del aire y el mar. Aprovecho de dormir en la arena, qué deliciosa sensación. Escuchar el mar y estar relajada es una de las cosas que más me gusta hacer. Salen sus chelas, estoy más relajada con el bikini, ya se me olvidó el pudor, aparte de que los chicos me hacen sentir cómoda, eso me gusta. Nos preparamos para el atardecer, comienza a mostrarse en todo su esplendor, lo apreciamos todos juntos, prendemos un verde para dejar inmortalizado el momento, y disfrutamos de la bella vista que nos da la naturaleza.

ÚLTIMA NOCHE

Llega la noche, es domingo, no hay mucho panorama, pero tenemos ganas de ir a bailar. Pasamos a buscar a los chicos de la otra cabaña, en eso sale la Taty toda eufórica a saludarme. La abrazo fuerte, caminamos felices a la disco, es primera vez que entramos a un antro así; en realidad, somos más de carrete en casa, pero tenemos ganas de hacer algo diferente. Nos ubicamos y pedimos para tomar. La música está súper fuerte, apenas nos escuchamos, al rato ponen la canción "El Gato Volador". La Taty me toma de la mano y nos ponemos a bailar, bien locas, bien atrevidas, moviendo las caderas al ritmo de la música. Los chicos solo ríen de nuestras travesuras, nosotras nos miramos con ganas de que nunca acabe la canción. La noche está llena de baile. Los chicos no acostumbran a carretear así, pero lo pasamos filete. Llega el momento de despedirnos. Besos y abrazos, con la Taty quedamos en visitarnos en Santiago, aunque tenemos una distancia de extremo a extremo; yo vivo en Lo prado y ella en Las Condes, una comuna bastante acomodada, pero me promete que llegando me irá a ver. Lo que más me gusta de ella es su humildad, definitivamente una amiga más para mi vida.

De vuelta a la realidad, lunes con flojera, hoy me felicitaron en el trabajo, creo que voy bien, al parecer tienen intenciones de contratarme, eso sería espectacular, podría ganar un sueldo más alto y así ayudar más a mi familia.

Mi mamá al fin encontró pega, todo fluye de forma maravillosa, quiero juntar plata para arreglar la casa, quiero que se vea bella, llena de colores y con la mejor energía para que nos vaya bien. Se termina el verano, me queda poquito para concluir la práctica.

Al fin salgo del trabajo, me espera un fin de semana para descansar. Llego a casa, mi mamá prepara la once, mi estómago se lo agradece. Disfrutamos la tarde en familia. Gracias a Dios todo ha cambiado. Camilo tiene otra cara, aparte de que ha crecido, ya tiene catorce años, se está convirtiendo en un adolescente con muchos sueños. Me encanta verlo reír, tanto tiempo deseé esto para él y hoy se hace realidad. Es cierto cuando dicen que no debemos perder la fe, que de una mala vienen mil buenas; hoy lo valido, así es. Suena el teléfono, contesto y me dicen:

—Hola, ¿cómo estás?

Quedo congelada, el silencio me inunda, volver a escuchar esa voz, me acelera. Han pasado meses que no sé de él, era Fabito, le respondo.

—¡¡¡Hola, bien, ¿tú qué tal?!!!

—Bien, aquí pasándola. Te llamaba para pedirte algo.

Nuevamente congelada.... ¿qué querrá? Le contesto:

—¡Cuéntame, Fabián, ¿qué pasa?!

—Mañana viajo a Punta Arenas, haré el Servicio Militar.

—¿¡¡¡QUÉEEEE!!!?

—Quiero verte, no me puedo ir sin despedirme de ti.

Mi corazón se congela, él aún me recuerda, me pide que asista a un carrete que le harán los amigos en la noche, no pienso nada y le respondo que iré. Cuando cuelgo, le cuento a mi mamá. Su único consejo es "debes ir, para que te despidas de él". Quedo algo pensativa, tantas cosas bellas que vivimos, tantos sueños y todo acabó. Llega la noche, me arreglo, estoy nerviosa. ¿Qué le diré cuando lo vea, qué pensará, sentirá algo? Mil preguntas antes de llegar, me siento eufórica, eso quiere decir que aún me pone mal. No quiero volver a enamorarme de él, sería fatal, pero igual quiero verlo. Tomo la micro y me voy.

Pasan los minutos, mi cabeza vuela a los recuerdos, realmente este hombre marco mi vida, tengo miedo de volver a mirarlo a los ojos y mi corazón lata a mil, el me saco de toda mi pena y me devolvió mi sonrisa, me sumerjo en los recuerdos maravillosos junto a él.

Estoy aquí, lo busco con la mirada hasta que lo visualizo, está disfrutando con su gente, lo admiro de lejos, es tan bello, ya no es el adolescente de la media, se ha convertido en un hombre. De repente me ve, nuestras miradas se congelan. Me regala una sonrisa y viene a mí, toda nerviosa lo saludo y me dice:

—¿Bailamos?

¡Uf! Sin hablar, dentro mío, digo: "Sí, por favor".

Estoy tan nerviosa, no quiero ser torpe, me toma de la cintura y me acerca a él. De repente cambian la música, ponen "Hotel California" de Eagles. Lo miro, no puede ser, es nuestro tema, nuestra canción; me abraza, yo cierro mis ojos y disfruto de nuestra hermosa canción de amor, es un momento único, limpio y verdadero.

Al rato nos sentamos a conversar, todavía estoy nerviosa por todo. La canción llega a lo más profundo de mi ser. Me toma la mano y dice:

—Aún me acuerdo mucho de ti, de todo lo que vivimos juntos, me di cuenta de que siempre diste más que yo, y me arrepiento de haberte dejado de lado…

Lo interrumpo y digo:

—También me equivoqué, los dos nos equivocamos al llevar nuestra relación, pero siempre quisimos hacer lo mejor posible.

En eso me mira y dice:

—Susana, yo sigo enamorado de ti…

Lo miro y lo odio, ¿cómo se le ocurre venir a decirme que está enamorado ahora? En nuestro pololeo siempre me apoyó, pero su toque de amor era bajísimo dentro de la relación, yo siempre le decía que estaba enamorada, siempre le demostraba mis sentimientos, y él solo dos veces creo me lo dijo. Ahora que se va me dice todo esto, ahora que tomó la decisión de hacer el servicio militar e irse a la cresta.

Me molesto y me abraza. Nos miramos y mis sentimientos afloran, me dejo llevar, siento que debo darme otra oportunidad. Mi corazón grita, así que lo digo:

—¡¡¡Te esperaré!!!

Su cara se llena de alegría, me da un beso y en ese momento sellamos nuestro amor. Tomo la decisión de volver con él y esperar su regreso. Disfrutamos de la noche, bailamos y volvimos hacer los pololos que éramos, tan cómplices, tan inmaduros, pero hermosamente verdaderos.

Es el día de la despedida, hoy se marcha Fabián, me arreglo y voy a su encuentro. El evento se realizará al frente del Parque O'Higgins, me bajo del metro y camino hacia el lugar. Está lleno de familias con sus hijos despidiéndose, lo busco entre la gente, algo desesperada. Me citó a las 14:30 y son las 15:00, ya estoy atrasada y necesito abrazarlo antes de que suba al bus. Lo busco hasta que lo veo más allá y planto un grito eufórico:

—¡¡¡FABIÁN!!!

Se da vuelta y viene hacia mí, me abraza y besa, yo ya estoy llorando, es tan doloroso todo ahora que volvemos, él se va a Punta Arenas, muy lejos de mí.

—Amor, no llores más, debes estar tranquila, yo te amo y quiero verte bien... para que esto resulte.

Ya no tengo aliento, que se marche es tan doloroso para mí, solo deseo que le vaya bien, lo beso, lo abrazo y aprovecho los minutos que me quedan para empaparme de él, no sé si estaba tomando la mejor decisión, pero quería darme la última oportunidad, quería ver si todos nuestros sueños los realizaríamos juntos y con lágrimas en mis ojos y mi corazón destrozado, le digo adiós.

Han pasado tres semanas ya desde que se fue Fabian, he sabido llevarlo bien creo, el estar sola, me servirá para madurar y darme cuenta si el amor que le siento superará cualquier barrera.

Hoy tengo buenas nuevas, terminó la práctica y me contrataran por tres meses, con aumento de sueldo, así que estoy más feliz que nunca. Siento que de a poco me voy convirtiendo en toda una profesional, lo bueno que acá conocí a tres hermosuras de mujer: Mónica, es super madura, tiene la misma edad mía, pero es super decidida, como que no le tiene miedo a nada, eso es lo que más me gusta de ella. Por otro lado está la Jaque, ella fue mi profesora en la práctica, tiene más edad y más experiencia en el rubro de contabilidad, agradezco mucho toda su enseñanza. Por último, mi querida Katy. Con ella nos hicimos muy amigas, aparte que vive súper cerca de mí, es una tontorrona, igual que yo, pero nos adoramos. Las chicas me felicitan y se alegran de mi progreso, la Jaque me anima a seguir estudiando, pero yo tengo claro que no puedo hacerlo, no está el dinero para pagar la universidad, mi enfoque está en ayudar a mi mamá.

Ya estamos a mitad de año, ha pasado el tiempo y aún no hablo con mi papá. A veces siento que lo necesito, pero me cuesta llegar a él. No sé si es orgullo o miedo de enfrentarme al pasado, sé que lo quiero y agradezco todo el sacrificio que hizo por nosotros, pero me encantaría tenerlo y hablar, pedirnos perdón. Nos haría bien, quizás en un futuro llegará ese momento.

Con el abuelito de la micro perdí el contacto, su teléfono suena apagado, lo llamo en reiteradas ocasiones, pero sin éxito. No sé por qué no me vino a ver a mi casa, si sabe dónde vivo. ¿Habrá cambiado de número o le habrá pasado algo? No sé dónde vive, no tengo cómo ubicarlo, me siento triste. Lo peor es que nunca le pregunté su nombre, para mí siempre ha sido el abuelito de la micro, y hoy ya no está junto a mí. Quiero contarle todo lo que me pasa, así como solíamos hacerlo arriba de la micro N°349, esa que nos hacía viajar toda una mañana, y ya no está. Sin dudas, fue un ángel protector en tiempos de vulnerabilidad, solo deseo algún día encontrarlo e invitarlo a cenar para agradecer toda su ayuda y lo bien que se portó conmigo. Nunca lo olvidaré.

EL REENCUENTRO EN LOS ANDES

Llega carta y es para mí. Mi corazón se acelera cada vez que llegan noticias de mi Fabito. Miro sus fotos, se ve tan fortachón, grande; su espalda se ha enanchado, ya no es el flaquito del colegio. Leo con tanta ilusión todo, me cuenta que me extraña mucho, que sigue enamorado de mí, que estoy en sus pensamientos siempre, y una gran sorpresa, que en septiembre vendrá a verme. ¡Guauuuuu......! Han pasado cuatro meses de su viaje, me emociona saber que pronto lo volveré a abrazar, besar, pero también me da pánico saber que quizás llegará el momento de amarnos de otra forma. Le cuento a las chiquillas del trabajo, se ponen felices con la noticia y me empiezan a molestar con la prueba de amor, lo que todo el rato pienso, aunque por cartas nunca mencionamos eso, sé que viene con otros pensamientos y me da susto creer que pronto llegará el momento de perder mi virginidad.

Semana larga, aquí estoy, con miles de asientos contables por hacer. Debo admitir que amo lo que hago, aparte de que el ambiente laboral con las chicas es a todo dar, nos matamos de la risa todo el día, son muy divertidas, cada una tiene su personalidad y las cuatro hacemos un grupo bacán. Salgo a almorzar y en eso me llama el Carita desde Los Andes, pienso: "Qué anda haciendo allá este loquillo?". En eso me dice:

—Susy, encontramos práctica de electrónica acá en Los Andes y nos vinimos hace una semana, estoy con el Keko y el Koala.

—Ya... ¡Qué buena, Carita! ¿Y dónde están viviendo?

—Estamos alojando en un departamento los tres.

—Buena, amigo, qué bacán, los felicito. Es importante la práctica para que después nos titulemos todos juntos...

—Gracias, Susy. Oye, haremos un carrete el fin de semana, tenemos que celebrar.

—Ahí estaré, amigo, te llamo antes para que me mandes la dirección.

Hablamos un rato más y luego nos despedimos, nos deseamos lo mejor como siempre. Corto y me da la sensación de que volveré a encontrarme con todos. Carita quiere tirar el departamento por la ventana. Al rato me llama el Zombi para decirme que también va a Los Andes y que nos pongamos de acuerdo para ir juntos, ¡uuuuu...! Esto será más que genial, hace rato que no veo a mi Zombie, lo extraño. Le digo que feliz, aprovecharé de contarle mil cosas que me han pasado, será un gran viaje y espectacular fin de semana. Inconscientemente, comienzo a recordarlos a todos. Solo deseo tenerlos cerca siempre. Me entristezco cuando recuerdo al Sendo, era un chico super divertido, esforzado, el comerciante de los cigarrillos y alfajores. Desde que salimos del colegio nunca más supe de él, siempre que lo llamo a su casa no está, le dejo recados con la mamá, pero nunca me devuelve los llamados. Solo deseo que esté bien, se extraña su humor. Aunque con las chicas de contabilidad pasa lo mismo, no las he visto desde que salimos del colegio, ningún contacto, espero verlas en algún momento.

Día sábado, me levanto y tomo una ducha con agua caliente. Qué agradable tener calefón, hoy estoy agradecida de tener agüita caliente en mi hogar. Me ducho y arreglo para viajar, al rato me llama Fabito desde Punta Arenas, guauuu, ¡qué emoción!

—Hola, mi amor, ¿cómo estás?

A lo que eufórica respondo:

—Fabito, mi amor, estoy bien, ¿cómo estás tú?

—Bien, pero hace un frío terrible, ando súper abrigado, el instructor nos dio libre y pedí permiso para llamarte.

Con mis ojos en forma de corazón, doy un suspiro. Nos contamos la vida, no hemos hablado por teléfono durante casi un mes, me siento feliz de que me llame. Dice que desea viajar pronto para verme, solo falta un mes para el gran regreso, aunque solo viene por dos semanas ya anhelo abrazarlo.

Le cuento que iré a los Andes a carretear, me pide que me cuide y que piense en él; en realidad, siempre lo llevo conmigo. Hablamos un rato más y luego nos despedimos con mil besos. Espero con ansias su regreso, colgamos con un "te amo" lleno de esperanza y fe de que nuestro amor triunfará.

Vamos en el bus con el Zombie, mil cosas que contarle, no lo veo desde el colegio. Me habla de su vida y amoríos, yo le cuento todo lo que ha pasado con el Fabito, él lo conoce muy bien, fueron compañeros de curso. Me dice que se ve que me ama mucho, que lo cuide. Agradezco sus consejos, lo observo con cariño mientras habla, sé que nuestra amistad comenzó un mes antes de terminar el colegio, pero el cariño que le tengo es súper grande, no entiendo por qué. Me alegra estar junto a él, me promete que vendrá más seguido a las juntas, eso quiere decir que de a poco volvemos a estar todos juntos, como en la "Okupa". Sé que este viaje va a ser maravilloso y único, al fin todos juntos.

El Leyton, José, Benji y Basti llegan antes y para variar, soy la única mina entre todos estos machotes. Mis esperanzas estaban puestas en la Taty, pero no podrá asistir, tiene compromisos. Mi corazón espera volver a verla, siento que es una linda persona, no quiero perder su amistad…

Llegamos a Los Andes, todo es risa y amor. Aprovecho de abrazar a mis amigos, pucha que los extrañaba. El Benji y Basti se mueven para comprar las chelas, mientras que el Leyton pone su buena música para armar el ambiente. Comenzamos a armar el picoteo, es una noche de celebración, estamos casi todos aunque siempre falta alguien, tratamos de hacer de la noche algo mágico.

Comienza el carrete, estamos contentos, tenemos muchas cosas que hablar, yo los miro a cada uno, me siento orgullosa de este bello grupo, lleno de bondad, amor y lealtad. En eso, el Benji se para y nos cuenta que está muy feliz, ya que ha dado un paso importante en su vida, todos lo miramos sorprendidos y con incertidumbre, hasta que dice:

—¡Me matriculé!

A lo que quedamos helados.

—¡Estudiaré Publicidad!

¡Guauuu....! Qué gran noticia, qué felicidad, es uno de los objetivos del Benji y hoy lo está concretando. Lo abrazamos y hacemos un salud por él, felices por ver a nuestro amigo triunfar. Lo llenamos de consejos, hasta que el Basti comienza a toser y nuestras miradas se van en dirección a él, y dice:

—¡¡¡Aquí su nuevo Chef!!! Me matriculé en Gastronomía.

—¡¡¡Yiiaaaaaaa!!! Que felicidad exclamo.

Los abrazos fluyen a flor de piel, todos contentos, en realidad, al Basti siempre le gustó cocinar y hoy hace su sueño realidad. Al fin comenzamos a concretar nuestros anhelos.

Pasamos la noche súper, escuchamos nuestra música preferida, cantamos, gritamos, hacemos salud por todo, en realidad, soy la única mujer dentro de todo el Club de Toby, pero no me importa, solo espero que siempre estemos juntos.

Nuevo día, con el Leyton nos ponemos a ordenar, mientras los demás están en su tercer sueño. Mi gordito solo alega, no le gusta mucho ordenar, pero es mi apañador en todas. Comenzamos a cocinar unos ricos tallarines con salsa, ¡qué delicia! El Leyton pone música para despertar a los chiquillos. Ordenamos la mesa para servir, en este hogar no conocemos lo que es el desayuno, nos levantamos justo para almorzar. De a poco aparecen los rostros más bélicos que se puedan ver, algunos dan hasta miedo, irreconocibles. Servimos, aunque falta uno, el señor bolas con sueño, ¡quién más que el Carita! Lo voy a despertar y lo único que sabe decir es:

—¡¡¡Un ratito más, un ratito más!!!

Parece bebé, lo dejo dormir mientras disfrutamos de un merecido almuerzo.

En la tarde los chiquillos se preparan para ir a visitar el centro de Los Andes, yo solo quiero dormir y descansar, me siento algo agotada, nos queda una noche más por festejar, me acuesto y los chicos se van a disfrutar. Carita va por el quinto sueño, está como bebé tirado en la cama, plácidamente dormido. Me recuesto en la otra habitación y me quedo dormida.

Pasa un rato cuando comienzo desde lejos a escuchar.
—Susy, Susy...
abro los ojos. Es Carita, despierto algo asustada y pregunto:
—¿Qué hora es? Ya es tarde, debo levantarme...
Carita me dice:
—Son las cinco de la tarde, tranquila, necesito de tu ayuda... Vendrá una amiga hoy...
—¿¡OTRA AMIGA MÁS!?

La verdad es que Carita es un coquetón, siempre tiene amigas, no le faltan, ya normalizamos sus pololeos de fin de semana.

Carita se ríe mientras me dice:

—¿Puedes llamarla tú para confirmar si viene?

—No hay problema, deja el número...

Me gusta la idea de que llegue una mina, no quiero ser la única, aunque no me incomoda estar a solas con los chicos, pero igual necesito más presencia femenina.

—Toma, aquí está el número. Se llama Sole....

Se va y se vuelve acostar, comienzo a marcar cuando el Carita, desde la otra pieza, me grita:

—¡ES BRÍGIDA!

Shu... Mi mente altiro piensa: "Será loca, cuática o algo así". El teléfono empieza a sonar y al segundo timbre contesta:

—¡Aló!

—¡Hola! ¿Con Sole?

—¡Hola!, sí. ¿Con quién hablo?

Su voz es tierna, dulce, no entiendo la descripción que me da el Carita.

—Hola, soy Susana, amiga del Carita, me indica que tú hoy viajas a Los Andes... Me pidió que te preguntara a qué hora llegarás al terminal.

—¡Sí! Saldré a las cinco y media.

—Perfecto, él te irá a buscar al terminal.

—Muchas gracias, Susana, nos vemos más tarde.

—Nos vemos.

Corto y me recuesto nuevamente, mientras Carita ronca en la otra pieza. Qué facilidad de los hombres para quedarse dormidos al tiro.

EL DÍA QUE TE CONOCÍ...

Despierto al señor pestaña, se levanta y le sirvo almuerzo, se va rápido a buscar a su amiga Sole, yo vuelvo a la cama, me relajo tanto que me quedo zzz… Pasa media hora y sigo durmiendo tranquila, cuando de repente me despierta un ruido súper fuerte y pego un salto en la cama. Abro los ojos y me quedo tiesa, no me quiero ni mover, escucho unos pasos lentos, mi corazón comienza a acelerarse, estoy cada vez más congelada del miedo, ¡se metieron a robar! ¡Estoy sola! Me agito y con voz quebrada pregunto:
—¿QUIÉN ESTÁ AHÍ?
Pero solo escucho un murmullo, así que agarro la frazada y comienzo a taparme aún más. Los pasos se acercan a la pieza, cuando de repente abren la puerta y dicen fuerte:
—¡HOLA!
Por la sorpresa, pego un grito desgarrador. Es común en mí que me asuste, todo me da miedo, pero el grito sale de película, mientras el Carita con su amiga Sole están muertos de la risa. No sé qué cara tengo, pero de que es chistosa, lo es. Los quedo mirando y me sumo a sus risas, la Sole se acerca a saludarme con un beso, la quedo mirando perpleja, busco su lado brígido, es muy hermosa, su voz tan dulce y angelical. Se sienta a los pies de mi cama y me comienza a contar su viaje. Tiene unos ojos grandes, almendrados, muy expresivos, pelo negro con chasquilla de niñita, muy delgada. Me llama la atención que tiene una

dentadura con una separación en las paletas, en realidad, me recuerda a Luis Miguel, son pocos los que tienen los dientes así. Tiene mucho estilo para vestirse, entre rockera y gótica, en realidad es perfecta para mi amigo.

Carita se mete a la ducha y quedamos solas, la conversación fluye de forma espontánea, nos ponemos a conversar lo típico: ¿De dónde eres?, ¿cuál es tu edad?, etc., bueno, todos entienden que dos mujeres juntas no paran de batir la lengua. Nos conocemos, la miro mientras ella habla y siento que tiene algo especial, su energía es cálida, abrazable, y en su mirada noto inocencia; es amable para expresarse, siento que algo pasa, sé que estoy siendo cursi, pero mi corazón me trata de decir que ella es una bella persona y que vale la pena conocerla… En eso sale el Carita de la ducha y dice:

—¡Shh! Tan rápido se hicieron amigas.

Con la Sole nos miramos y nos ponemos a reír, entramos en confianza al tiro.

—Pensé que iba a encontrarme con otro tipo de amiga del Carita, no sé, pesada o algo así, pero eres todo lo contrario.

La miro, me agrada su comentario, en realidad siempre me preocupo de caer bien y hacer sentir cómoda a la otra persona, es mi esencia. Al rato llegan los chiquillos, full eufóricos, nos cuentan que pelearon en el Pub, que hubo patadas, sillas voladoras y todo el agregado que le ponen los hombres al contar sus historias. Están tan emocionados porque ganaron la pelea, que con la Sole nos miramos y nos matamos de la risa, parecen cabros chicos al hablar de cómo fue todo. En medio de ese momento tan memorable para los chiquillos, le digo a la Sole que me acompañe a comprar. Salimos y prendemos un verde para relajarnos un rato, caminamos, vamos todo el rato del brazo, como unas abuelitas. Le cuento mi vida, mis sueños, deseos, lo importante que es el grupo para mí y que tengo un amor en Punta Arenas, pero que no sé cómo va a ser el retorno, solo deseo estar con él. La Sole me mira y me escucha con mucha atención, luego creo que se siente cómoda y me cuenta algunas cosas de su vida, de su hermana Jodie, del colegio que no le gusta mucho, de sus papás, de lo complicadas que son las amistades, que siente la necesidad de encontrar a gente verdadera. Compartimos tanta química aquella tarde en Los Andes, todo fluye de manera maravillosa, en eso se para al frente de mí y dice:

—Te parece si hacemos una promesa de nunca separarnos...

La miro perpleja, es como de niñas chicas lo que vamos a hacer, pero me gusta la idea, cuando las cosas fluyen solo hay que accionar, esta chica es muy bkn y le digo:

—Prometido.

Nos abrazamos y sin más preámbulo decidimos ser amigas porque muchas cosas de nuestras vidas coinciden y también, porque tenemos pensamientos similares respecto a la amistad y honestidad, que nos unen.

Llega la noche y empieza el carrete, hay de todo, qué manera de cantar y bailar las canciones de Piperrak, Flema, Placebo, Bom Bom Kid, Sk-P.

Nuestros carretes son únicos e inigualables, con la Sole tenemos tantos temas en común que nos desesperamos por contarnos cosas, y a cada rato nos encerramos en el baño, queremos estar solas para hablar de nuestras penas, full emocionadas. Nos abrazamos y brindamos por nuestra unión, hasta que los chiquillos se acuerdan de nosotras y nos golpean la puerta para salir. Debo admitir que estamos bien ebrias para meternos al baño a fumar, tomar y conversar, pero solo somos dos locas lindas, que disfrutan del momento y se explayan como solo el copete las deja hacer.

Nueva mañana, la caña florece en todas nuestras gargantas y cabezas, el sol nos pega directo en el rostro, estamos repartidos por la pieza. Me levanto junto a la Sole y nos vamos a la terraza a tomar sol, conversamos de lo acontecido el día anterior, las locuras en el baño, ¡qué manera de reír! De repente, me dice:

—Susanita, me gusta el Carita, pero no sé si él siente algo por mí.

La miro, pienso en lo que veo siempre de mi amigo y le respondo:

—No nos hagamos ilusiones, dejemos que fluya solo, por ende, no lo busques.

—Me la quiero jugar por él, pero no sé si él quiera algo conmigo, ¿qué opinas tú?

La miro y siento que debo ser sincera, no le puedo mentir y le digo que mi amigo es bien coquetón, pero en realidad no lo he visto enganchado de nadie, quizás con ella sea diferente.

Quedamos de acuerdo en no esperar nada de él. Al rato se levantan los chicos, igual es temprano. De la nada, empiezan mis dolores de ovario. La Sole se preocupa de inmediato y me manda a estirarme, mientras ella va a comprar una pastilla. A los minutos llega con ella y una taza de agua caliente con manzanilla, no estoy acostumbrada a que me sirvan, siempre he sido rehacía a eso, a mí me gusta atender a todos, pero ahora me dejo querer por mi bella y nueva amiga.

Una hora después el dolor se ha ido y preparamos el almuerzo, arroz con bistec, con la Sole. Estamos en la cocina. En mi interior pienso mil cosas y no aguanto, le tomo la mano, aprovechando que estamos solas, y le digo:

—Te ayudaré con el Carita, pero si no resulta no debemos perder el contacto y tú puedes seguir en este grupo junto a mí, carreteando.

Ella me mira y me abraza.

En ese abrazo siento su sinceridad, su calidez, es una especie de persona que te entrega energía positiva, te empapa de su amor; aún no entiendo por qué el Carita me dijo que era brígida, si es una niña humilde, sincera y bella. Siento que es una luz en mi oscuridad.

Llega la hora de marcharnos, hay que volver. Con la Sole nos vamos juntitas en el bus, seguimos con mil temas más que conversar, me cuenta que está muy desmotivada con el colegio, le carga asistir. A simple vista no le interesa terminar, está desmotivada y tiene muchos rojos. La miro con cara sorprendida, el cuarto medio es lo más importante para mí y le digo:

—Sole, no pierdas la oportunidad de terminar tu cuarto medio, el mundo está difícil, debes pensar en tu futuro, debes ponerle ganas y terminar, con eso se te abrirán muchas puertas más adelante. No sé, ir a la universidad, concretar tus sueños, pero sin estudios no somos nada. Ella me queda mirando y dice.

—¡¡¡NIÑA, TE PROMETO QUE SACARÉ MI CUARTO MEDIO!!! Te prometo que me pondré las pilas y pasaré de curso —Sus ojitos se llenan de emoción.

Yo la abrazo y sellamos el momento con esperanza.

Lunes, nueva semana, llego a la pega y les cuento a las chiquillas mi fin de semana extremo, y sobre mi nueva amiga fantástica. Las chicas se burlan de la promesa de amistad que hicimos con la Sole; entiendo que suena bien pendejo el hecho, pero me gusta eso de hacer cosas de niñas chicas, lo encuentro más real y verdadero. La Jaque nos cuenta de su salida a la playa. ¡Uuuuuh!, todo romántico con su David, qué emoción. Mientras reímos de todo lo que hablamos, la Katy dice:

—Oye, pongámonos a trabajar, estamos en cierre de mes.

La Katy es la más trabajólica del grupo, por ella se quedaría todos los días hasta las once de la noche. También entiendo que lo hace porque no quiere llegar a su casa, siempre tiene dramas, pero es demasiado trabajólica.

La miramos y nos vamos a sentar cada una en su escritorio. Muerta de sueño y cansada empiezo mi jornada laboral.

Martes del terror, mi cuerpo aún sigue agotado, el carrete me pasa la cuenta, pero debo cumplir con mis obligaciones. En la tarde llamo a la Sole, le daré una sorpresa, nuestra amistad sigue viva, al tercer timbre me contesta un caballero, al parecer, su papá.

—¿Aló?

—Hola, buenas tardes, ¿se encuentra Soledad?

—¡Número equivocado! –su voz es ronca, como enojada.

Insisto y Sole de repente, de otro teléfono, habla con su voz súper contenta:

—¡¡¡Susanita!!!, me llamaste, cumpliste tu promesa.

Siento su alegría, me da felicidad y le respondo:

—¡Promesas son promesas!

Comenzamos a conversar.

—Susanita, pensé que no me llamarías —dice, con tristeza en la voz.

VIVE LA VIDA NIÑA

No entiendo su inseguridad, pero para que esté tranquila, le digo:

—¡No me separaré de ti! Ya eres mi amiga, no te librarás de mí tan fácil.

Ella ríe.

—Niña, me siento feliz, será mi primer cumpleaños junto a ti.

—¿Cómo, Sole?, ¿estarás de cumple?

—Susanita, el doce de septiembre estoy de cumpleaños, pero lo celebraré el once, así que te espero, e invitaré a todos tus amigos.

—Genial, amiga, ese día estaré ahí para que lo celebremos como lo mereces.

Nos despedimos felices, agradece mi llamado, cortamos y me quedo pensando. Quizás la Sole necesita tener amistades verdaderas, quizás la traicionaron mucho y está vulnerable en ese aspecto. Siento que la quiero tanto en tan poco tiempo, pero a la vez estoy feliz de conocerla, sé que estaremos juntas muchos años más.

Llega el sábado, vamos con mi pequeño hermano de shopping al persa Estación Central. Quiero regalonearlo, sorprenderlo, así que lo llevo para que elija ropita. Comenzamos la búsqueda, se ve ansioso, yo disfruto su carita de felicidad, en realidad, tenemos una conexión más allá, en nuestra infancia lo veía como mi guagua y él a mí como mamá, me decía Mumu, me gustaba mudarlo, hacerle su leche, tomarlo en brazos y hacerlo dormir; aunque no sé lo que es ser madre, lo veo como un hijo, siempre estamos juntos y solo quiero verlo feliz. Ha pasado por muchas cosas tristes en su corta vida, ver que su carita cada vez se abre más a la felicidad me llena por completo, sé que estaré junto a él para apoyarlo en cada momento de su vida.

Sábado en la tarde, a flojear. Hoy no saldré para ningún lado, lo único que deseo es descansar. Pienso en mi

Fabián, en cómo estará, no he recibido carta, pero queda poco para fin de mes, en esas fechas viaja a Santiago y al fin lo podré ver. Suena mi teléfono, es un mensaje de texto, lo abro y ahí está mi linda Sole, me escribe: "¡¡¡Buenas nuevas!!! El Carita me mandó un mensaje preguntándome cómo estaba y que nos juntemos el finde...".

Guauu, no lo puedo creer, Carita pidiendo juntarse, esto es nuevo, siempre lo llaman y ahora es todo lo contrario, la llamo enseguida, suena el teléfono y contesta:

—Susanita, estoy contenta, está resultando nuestro plan.

Yo, toda feliz, respondo:

—Me siento feliz por ti, Ñiña, y por el Carita, que harta falta le hace una mujer que lo centre.

Nos largamos a reír. Después de una larga charla de hombres y colegio, quedamos en vernos el domingo, en El Forestal.

Llega la noche y con ella mi amiga Valeska, vino de visita, es noche de pijamada y conversación extendida de todo lo que nos ha sucedido. Nos arreglamos el caracho y vamos a comprar cositas para picar y beber, en eso nos topamos con el Manolo, mi querido amigo de infancia, como siempre tirando la talla. Me acerco a saludar y le presento a mi amiga, en eso noto nerviosismo en sus ojos y a la vez interés, mmm ¿qué está pasando aquí?

Observo el momento y nos pregunta:

—¿Dónde van, chiquillas, qué harán ahora?

—Nada en realidad, vamos a comprar cosas para picar y unas cervezas para estar piola en la casa. Le respondo

—Vamos, yo las acompaño —dice el Manolo.

Pasamos a comprar ramitas, cigarrillos, cervezas y el Manolo se invita solo, al parecer algo quiere, decidimos estar un rato en la plaza al frente de mi casa a disfrutar de la noche; la conversa fluye rápidamente en ellos y yo miro perpleja, cada vez me siento más aislada, pero dejo que fluya, me hace feliz verlos tan cocorocos. Al rato llega el Mondy, lo abrazo con cariño y me dice:

—Ingrata, ahora ni te juntas con nosotros.

—Buuu... todos me piden tiempo. Sabes que te adoro, entre la pega y mil amigos me falta tiempo, pero aquí estoy…

Disfrutamos, ya se están yendo los fríos y esperamos con ansias la primavera.

Nueva mañana, despierto acostada al lado de mi amiga Vale, está escribiendo un mensaje de texto, yo abro un ojo para mirar y me doy cuenta de que el contacto esta guardado como Manolo, yiaaaaa ni me di cuenta cuando intercambiaron números y le digo:

—Buenos días.

Ella, con cara sorprendida, baja el teléfono. Me burlo y le digo que ya leí todo. Nos largamos a reír, cuento corto: el Manolo la invitó almorzar, así que mi amiga se irá antes. Le agradezco su visita y todos los regaloneos que tuvimos, pero ya se le hacía tarde, así que la mande a bañarse y ponerse linda para su nueva cita. Me quedo acostada en mi cama pensando, hoy yo tengo mi cita con mi amiga Sole, será una tarde entretenida.

PROMESA CUMPLIDA

Llego al metro Estación Central, me acerco a la boletería y ahí está, sentada en el suelo, mi hermosa amiga esperándome. Le grito:

—¡¡¡SOLEEE!!!

Me ve y se levanta rápido, nos abrazamos fuerte, noto por la calidez de su abrazo que está contenta de verme y me dice:

—¡NIÑA!, cumplimos nuestra promesa de seguir viéndonos.

La miro con felicidad, es demasiado bella para ser verdad, más atrás aparece el Carita con el José, la Sole me guiña un ojo y dice:

—Después te cuento.

¡¡¡Guauuu!!! esto va súper bien.

Nos vamos al Forestal, pasamos a comprar algo para tomar, nos acomodamos en el pastito y a relajarse. El Carita saca un verde, comenzamos a fumar, estar juntos es lo mejor, hablamos de lo bien que lo pasamos el fin de semana en Los Andes, la bulla que le metimos a los vecinos. José nos cuenta algunas anécdotas con sus pololas, que quiere viajar por el mundo. Tanta cerveza me da ganas de hacer pipí, así que vamos con la Sole a buscar un lugar más íntimo para hacer, en eso, nos acercamos a un costado del parque, hay varios autos estacionados; como podemos nos agachamos y comenzamos a hacer en medio de la risa, ya que pasa gente cerca y nosotras tratamos de taparnos con las chaquetas, pero de tanto movimiento nuestros zapatos se mojan. ¡Qué asquito! Lo importante es que nos sacamos las ganas, una sacudida como Shakira, y ya, ¡ja,ja,ja! Con paso seguro nos dirigimos hacia los chiquillos, mientras ella me habla del estilo propio. La Sole es seca para todo eso, yo más o menos, siempre me visto igual, cero producción, mientras que la Sole tiene su estilo propio. Dice que quiere verme más sexy, así que será mi nueva diseñadora de vestuario. Al parecer me visto mal, eso de juntarse con puros hombres me ha pasado la cuenta.

Relajados en el pasto, nos tomamos un rico vino tinto cuando, de repente, aparece la pequeña Taty, con su faldita azul de círculos blancos; toda bella y cariñosa, se acerca a saludarnos. ¡Uuuh! Qué coincidencia, la abrazo, me da gusto verla. Le presentamos a la Sole, se saludan y se queda un rato con nosotros conversando de todo, lo más bello es que está contenta, ya que puso todo su tiempo para entrar a una escuela de Teatro y quedó. ¡¡¡Guauuu!!! Qué felicidad, la veo muy contenta, al fin está haciendo lo que ama, las tablas y lo circense. Tiene muchos planes a futuro y nos cuenta que es su primer paso para comenzar a cumplirlos todos. Cada uno le da buenos consejos y nos alegramos por su nuevo comienzo, ella es una niña muy linda de alma, carismática, nos encanta tenerla cerca, pero cuando empiezas a ser adulto, por más que quieres estar cerca de tus amigos, cuesta, ya que comienzan los sueños a concretarse y a florecer. Le pido que no se pierda tanto, que igual queremos verla. Nos promete hacerse el tiempo para el próximo carrete del grupo, nos abrazamos y nos despedimos, ya se hace tarde, es la hora de irse, una nueva semana se nos viene encima.

Hoy me siento feliz porque estoy logrando mis objetivos, doy gracias a Dios por haber estudiado Contabilidad. Sé que no podré ir a la universidad, pero estoy segura de que la vida me dará oportunidades para seguir en este rubro, de a poco iré adquiriendo más conocimiento, eso llenará mi currículum de habilidades y tendré trabajo. Percibo que es mi futuro y no lo suelto, seré una grande, pero sin título. Creo que mi ego se va a las nubes, pero soñar es grato, así que lo seguiré haciendo.

CUMPLEAÑOS FELIZ

En la semana me llama José para contarme que en la Empresa de su primo necesitan a un asistente contable, el sueldo es de ciento treinta mil pesos y yo gano solo ochenta y cinco mil. Obviamente es más, me da susto dar el paso, pero mi amigo José me alienta a ir a la entrevista, dice que es la oportunidad de aumentar mi sueldo; en realidad, trabajo mucho y gano demasiado poco, apenas me alcanza, siempre ando corta de plata. Es tanta la insistencia, que le pido el contacto. De solo pensar que puede haber una posibilidad de mejora, me baja la nostalgia; soy muy mamona, pienso en las chicas de la pega, en todo el apoyo que he recibido de ellas; sobre todo la Jaque, me ha enseñado mucho, es seca en contabilidad. Con la Mona y la Katy creamos un lazo bello de amistad, y bueno, matarnos de la risa e imitarnos en la oficina es algo habitual. Nuestra amistad floreció día a día en esa pequeña oficina. Lo más chistoso es que leseamos caleta cuando llega la hora de salir, porque siempre los jefes nos paran y mandan de vuelta a trabajar. Son súper explotadores y nosotras, con tan poca experiencia, nos hemos convertido en las sumisas de contabilidad.

A una semana del cumpleaños de mi Ñiña Sole, ¡¡¡qué emoción!!! Como primer y nuevo año juntas decidimos hacer algo loco y se sumó el José también, así que en la misma semana los tres nos decidimos poner un pircing, demasiado cool. Había optado por el de la lengua, ¡uuh!

Sé que me dolerá, pero estoy segura de que mis besos con él serán inolvidables, ja,ja,ja. El José también se lo pone en la lengua, y la Sole, adivinen, quiere ser extremadamente original y se lo pone en una de sus bubis, eso sí que es del terror, ¡qué dolorrrrrr…!

Llega el cumpleaños tan esperado de mi amiga, es la primera vez que iré a su casa, así que nos juntamos en el McDonald's de la Estación Central para llegar juntos. Hoy no se fuma ni se bebe, debo cuidar de mi piercing, así que pura bebida no más. Llegamos en grupo con los chiquillos, está el José, Basti, Taty y yo. El Basti anda enfermo y tomando pastillas, el José y yo cuidamos nuestro piercing, así que ninguno puede tomar, estamos todos paqueados. La única que está súper es la Taty. El Benji y el Carita vendrán más tarde. Llegamos al punto de encuentro con la Sole, se ve hermosa con un corsé negro y tutú fucsia. Nos abrazamos con tanto amor, ella se ve muy feliz, ansiosa. Comenzamos a caminar en dirección a su casa. Como siempre, vamos del brazo, como abuelitas. Se acerca a mi oído y me cuenta un secreto, la miro con ojos sorprendidos, y le digo:

—¿Quéeee?

Ríe y vuelve en voz baja a repetirlo:

—¡Estoy pololeando!

Desesperada, le respondo:

—Yaaaa, ¿de verdad?

Con una sonrisa de oreja a oreja, me dice:

—¡¡¡SÍIII!!! El Carita me pidió pololeo.

Me siento contenta con la noticia, son mis amigos, sé que esto dará frutos, al mismo tiempo, saco una carta de mi bolsillo y se la entrego, ella me mira con asombro, la abrazo y le pido disculpas por lo poco, pero en ese papel hablo de todos mis sentimientos hacia ella. No llevamos ni un mes de amigas y yo ya siento que la quiero mucho, ella me abraza, recibo su amor, qué cuático todo, no entiendo

VIVE LA VIDA ÑIÑA

por qué ha nacido tanto amor, será que por años nos buscamos para darnos algo bello, o yo estoy demasiado cursi.

—¡Oye, ya po, apuren el paso! —grita Bastián.

Cuando estamos juntas se nos olvida todo los que nos rodea, así que terminamos la cursilería y nos unimos al grupo.

Llegamos, todo está oscuro, apenas puedo ver, hay demasiadas personas, es mi primera vez en el entorno de la Sole, todos tienen estilo gótico, tanta oscuridad igual me da susto. De repente la Taty, me saca a bailar, disfrutamos de la buena música, al rato ya está eufórica, su garganta se seca cada dos segundos, veo cómo toma y toma, visualizo que mi pequeña morirá temprano. En eso llega el Carita y el Benji, miro a la Sole, su sonrisa no puede ser más radiante, nos miramos y le guiño un ojo; en eso, Carita se acerca a ella y la agarra a besos, pero de esos besos bien apasionados. Me da gusto ver la escena tan romántica y a la vez fogosa de mis amigos, al mismo tiempo las amigas de la Sole, comienzan a gritar, el tema que suena, Rammstein "DU HAST". Me animo y me sumo a la euforia, ¡qué buen tema! Mi pequeña Taty baila para todos lados, prácticamente rebota. Está mareada, veo que en cualquier momento se caerá, la agarro, la abrazo, y dice:

—¡¡¡Susanita, quiero vomitar!!!

—Ya lo sé.

La saco afuera de la casa, pero se me va para todos lados, menos mal que está oscuro, así que nadie cacha. Nos sentamos en la vereda y ella comienza el ritual de exorcismos caníbal, de cagada no se mete el brazo completo por la garganta. Empieza a vomitar, y yo a su lado tomo su pelo, trato en lo posible de que no se ensucie, es mi primera vez tan lúcida, observo todo el cambio corporal que causa el copete, pero la sensación de olvidar todo y disfrutar el momento es genial. Al rato después estamos muertas de la risa, de todo lo que hablaba, aunque sé que debo acostarla, tiene que reponerse, así que como puedo la levanto y me la llevo al dormitorio de la Sole, confiando en que se le pasará la borrachera.

Ya en el dormitorio, mi Taty queda zzz, le cuido el sueño. En eso llega el Basti con una cara de agobiado, adolorido, me paro y me acerco a él, me dice:

—Me siento mal, no debí tomar…

Lo miro sorprendida y recuerdo que está con medicamentos, comienzo a retarlo, él no dice nada, solo quiere acostarse, lo ayudo a meterse en la otra cama y me quedo junto a él. Está pálido, ojeroso, le hago cariño en la cabeza hasta que se queda dormido, miro a la Taty y está raja durmiendo; voy a apagar la luz, cuando de repente, con brusquedad, entra el José hablando raro, pidiéndome ibuprofeno para desinflamar la lengua, pero ¿qué ha hecho? Se puso a tomar y fumar con el aro en la lengua recién hecho, le pido que abra la boca y veo su lengua hinchada. Claro, el porfiado tomó copete y está prohibido hacerlo durante dos semanas. Lo acuesto y voy a buscar una pastilla. En ese momento siento que tengo puros hijos, todos enfermos, le pido a la Sole una pastilla y me indica que en su velador hay, llevo agua y se la doy, mi pobre José llora del dolor. Mientras toma el agua, en eso entra una amiga de la Sole, demasiado gótica, da miedo, comienza a hurguetear el mueble y dice:

—¿Dónde está anestesia?

La quedo mirando, por qué busca anestesia. Le hablo, pero no me pesca ni en bajada. En eso la ayudo a buscar, no veo ningún frasco que diga eso, ella solo busca cerca de los casetes de la Sole, cuando de repente entra otra amiga y dice:

—¡AQUÍ ESTÁ EL CASETE DE ANESTESIA!

Las miro sintiéndome la más estúpida, en eso agarra el casete y se va. Creo que no se dan cuenta de que yo estaba buscando un frasco de anestesia para calmar algún dolor y ellas un casete para bailar... sí seré...

Al otro día despierto y bajo a ver a la Sole, creo que son las ocho de la mañana, mi Ñiña está ahí todavía, tomando con sus amigas. Me siento un rato, me ofrecen copete, pero digo al tiro que no. Noto que las chicas me miran con cara de perturbadas, todas son góticas, como salidas del cementerio, eso me da algo de susto, me observan con sus miradas penetradoras y yo cada vez me siento más intimidada, mientras que la Sole me presenta y dice que yo soy la Susanita, la miro y me alegra ser importante en su vida. Les habla a las chicas de mí y ellas voltean a mirarme con cara de que me van a chupar la sangre.

Después de unos minutos me pide que la acompañe al baño, quiere contarme un secreto. Entramos, me mira con sus ojitos llenos de lágrimas, me toma las manos y se acerca a mi oído, susurrando su secreto, luego me mira fijamente, emocionada, esperando mi respuesta, la miro y digo:

—¡¡¡¡TE QUIERO Y ERES DEMASIADO IMPORTANTE EN MI VIDA!!!

Tomo sus manos y agrego:

—Quiero ser parte de tu vida y así tú también ser parte de la mía.

Nos abrazamos fuerte. Es un momento muy emotivo, nuestros ojos lloran de emoción, estoy contenta de haberla conocido, es muy linda conmigo, la necesito en mi vida.

Llega la hora de partir, despierto a los chicos, ya son las once de la mañana. Me despido de mi Sole, a veces nuestras miradas hablan más que nuestras bocas, siento que nos decimos tantas cosas con solo mirarnos. Me despido de los demás y nos vamos caminando a tomar la micro, mientras me da vuelta la conversación en el baño, siento que debo estar cerca de ella, que le hago bien.

La semana pasa volando, voy a la entrevista de trabajo que me aconsejó el José, me va súper bien, el jefe se ve buena onda, creo que le gusto, ya que me dice que en dos meses más tendrá un puesto de asistente contable, pero necesita a alguien de confianza, así que esperará mi llamado para ver si tomo la decisión de cambiar de trabajo. Quedamos en que me avisará cuándo activará el puesto para cerrar el tema donde estoy actualmente. Salgo de la entrevista, paso a comprar algo rico para celebrar con mi familia.

Tarde de once, mi mamá está contenta con la noticia. De a poco mi sueldo irá subiendo, hemos podido mantenernos, no hay lujos, pero tenemos nuestra casita y eso tapa toda la escasez. Llega la alegría de la casa, la abrazo y la agarro a besos, mi pequeña Scarleth, cada día más bella, verla es una ola de amor. Amo escucharla decir "tía" con tanta fuerza, con tantas ganas de abrazar. La amo tanto, aprovecho de regalonearla y darle hartos besitos, esta niñita me roba el corazón.

Salida inesperada, a Los Andes los pasajes de nuevo, el José me llama el sábado en el día para avisarme que habrá junta allá. Me apunto y coordino con la Sole y la Taty para viajar, nos ponemos de acuerdo con el José y el Benji para irnos todos juntos en la tarde. Tomamos el bus, estamos entusiasmados, el departamento es muy acogedor. Los Andes queda aproximadamente a una hora y media de Santiago, por lo que estaremos llegando tipo siete de la tarde, buena hora para comenzar.

El Keko avisa que está preparando un asado, mientras el Koala pasa al supermercado y el Carita descansa y espera a su amada Sole. Amo estos eventos inesperados, sin planificación, son los mejores, será una noche inolvidable, lo presiento.

Llegamos al fin, comenzamos a ordenar los bolsos y salimos con las chicas un rato del condominio, mientras los chicos preparan todo. Bajamos a fumarnos un verde, a conversar. Taty nos cuenta de su querido teatro, de lo que la llena hacer lo que siempre le ha gustado, de las tablas. Amo verla tan realizada, y también tiene novedades en el amor, está conociendo a un chico y en realidad le gusta harto. Primera vez que la escucho hablar así, con tanta emoción de alguien. Ese día andaba con nuevo look, se cortó las trencitas, tiene un estilo atrevido, pelo negro rapado a un lado y chasquilla fucsia, se ve su faceta tierna y a la vez salvaje. Por otro lado, la Sole nos cuenta que el Carita la llama a diario para saber cómo está, que es muy tierno, ya lo presentó en la casa y los tíos lo recibieron súper bien, incluso lo dejaban quedarse. Me impresiona el gran cambio del Carita, de ser tan loquillo a verlo tan enamorado; me gusta, bueno, en realidad con la Sole todo puede ser, ella es una mujer espectacular, radiante, preciosa, hermosa, pffff. Podría estar todo el día hablando maravillas de ella. Sigue contando del colegio, dice que tiene ganas de terminarlo, de sacar el cuarto medio, de seguir estudiando en la universidad. La miro con asombro, felicidad, no puedo creer todo lo que cuenta, la veo con orgullo, en tan poco tiempo ha cambiado su pensamiento respecto a ese tema, me da tanta felicidad ver todo ese cambio maravilloso, florece con una luz propia de ella.

La Sole me pregunta por Fabito, mis ojos se iluminan y a la vez, se emocionan, como cada vez que hablo de él. Las miro y me explayo con alegría, les digo que pronto llega a Santiago, estoy muy nerviosa, pero deseo verlo para saber qué pasará con nuestro amor. Les cuento de la entrevista de trabajo, lo más probable es que me cambie, debo pensar en mi familia y en mi crecimiento profesional. La conversación da para sentir que estamos en el mejor momento, mientras el verde se consume en la alegría de nosotras. Es genial disfrutar cada momento con mis amigas.

Luego de terminar nuestro club de Lulú, subimos al departamento. Está todo listo, la mesa puesta, la carne en su punto para servir. Disfrutamos de una noche con comida deliciosa y agradecemos que seguimos juntos, en eso nos quedamos mirando con la Sole, de nuevo nos decimos muchas cosas en silencio y descubrimos que tenemos esa capacidad de comunicarnos por telepatía. Sonreímos y alzamos nuestra copa, un brindis por la amistad…

Al día siguiente, la Tati y la Sole se meten a la cocina y comienzan a preparar el almuerzo, yo intento hacerlo, pero no me dejan, solo dicen "tú descansa hoy, los chicos fueron por más cervezas para pasar la tarde", mientras yo estoy sentada esperando. En eso escucho:

—¡¡¡Susanita!!! Pon mi CD de Placebo

—Placebo, buena idea.

Lo pongo en la radio, subo el volumen y comenzamos a bailar. Cantamos el tema preferido, "The Bitter End", esa canción me hace volar, olvidarme del entorno, escuchar y disfrutar. Qué ganas de dejar este momento congelado, y pensar que aún nos queda una noche más para disfrutar. ¡Fin de semana largo! ¡Uuuuuh! Almorzamos, la comida queda riquísima, reposamos y como somos tantos, nos turnamos para bañarnos y así dar una vuelta en Los Andes. Una vez listos, partimos, me siento súper observada por la gente, somos como bichos raros, nuestra forma de vestir y estilo nos hace ser únicos, el Benji, por un lado, con sus pantalones cuadrillé negros con rojo, chapulinas y su pequeña barba castaña; el José es más retro: chaqueta de terciopelo, pantalones de abuelo, con todo el estilo; mi Taty con su pelo rapado en un lado, chapulinas rojas, muchos cinturones con brillo y los labios bien rojos; el Carita es más de ropas rotas: los pantalones rajados, poleras sin mangas, alfileres y moica; El Bastián, entero de negro con sus pañoletas en las muñecas y cabeza; mi bella Sole es todo negro con fucsia, su pelo y los labios rosados, con todo un estilo propio; mientras yo uso mis falditas cortas y medias rotas, combinando mis colores favoritos, me gusta ser diferente, en realidad, todos somos estilosos para vestirnos. No seguimos modas, cada uno se hace su propia estilo, es muy divertido jugar con lo retro, atrevido y adok.

Esa noche disfrutamos en la plaza de los Andes un rato, conversamos de todo, el Benji entusiasmado nos habla de su sueño de ser baterista de un grupo de rock y que ha decidido comenzar a buscar cómo concretarlo, todos lo tiramos para arriba, lo conseguirá, me imagino que debe ser demasiado bacán pertenecer a un grupo musical; el Carita dice unas palabras de amor a la Sole, todos ¡plop!, es demasiado romántico y lo sellan con un largo beso de amor. La Taty se suma a las palabras emotivas y nos dice:

—Me siento feliz de haberlos encontrado, me da gusto conocer a sus familias...

En eso me mira y dice:

—¡Susanita, me encanta el pan tostado con mantequilla! Siempre que voy a tu casa me lo preparas.

Todos ríen y yo la miro con amor.

Este día todos, de alguna forma, nos emocionamos. Reímos de nuestras locuras, escuchamos nuestra música, nuestros temas y lo cerramos con abrazos y cariños, prometiendo que nunca nos dejaremos y que estaremos siempre para cuidarnos y apoyarnos en cada momento de nuestras vidas.

Cerramos esta hermosa noche cantando el tema de Bom Bom Kid, "Brig bag".

DESILUSIÓN...

Han pasado dos semanas desde el carrete en Los Andes. He estado trabajando mucho y ahora, por fin, tengo el fin de semana para descansar. Es viernes y no tengo ningún plan en mente, me recuesto en mi cama a flojear. En eso suena el teléfono y contesto.

—¡Hola! — al otro lado del teléfono quedan en silencio unos segundos cuando de repente me dicen.

—¡Hola, mi amor!

Es Fabián. Me quedo sin palabras. Han pasado varias semanas sin tener noticias suyas. Me emociona escucharlo y me dice.

—Estoy en Santiago y quiero verte.

—¡¿Qué?! ¿Aquí en Santiago? ¿Cómo y cuándo?

—Tranquila, llegué hace tres días.

Me quedo en silencio, me molesta que no se haya comunicado antes, pero trato de disimular. Mi corazón solo quiere verlo y le pregunto:

—¿Cuándo nos veremos?

—Podría ser hoy a las nueve de la noche.

Miro la hora y me doy cuenta de que solo tengo tres horas para arreglarme. Le respondo emocionada que sí, y acordamos un lugar. Se despide diciendo "nos vemos a la noche" y cortamos la llamada. Me voy corriendo al armario. Intento buscar lo mejorcito y me empiezo a estresar, preguntándome mil cosas. La inseguridad se apodera de mí. Quiero verme hermosa. Entro a la ducha para relajarme un poco. Han pasado seis meses desde la última vez que lo vi. No sé qué decirle. Espero no ser torpe y mostrarme madura. Salgo de la ducha y sigo con el problema de la ropa. Me pruebo una prenda tras otra, nerviosa. Ha pasado mucho tiempo y él está de vuelta. Estoy a punto de explotar de felicidad.

Salgo al encuentro y llego diez minutos antes. Pienso en qué parada estará él, si vamos a retomar nuestro compromiso o si será una despedida para siempre. Las últimas veces que hablamos fue frío y distante conmigo, por eso estoy tan confundida. ¿Cómo lo saludo? ¿Me dará un beso en la boca o en la mejilla? Tengo mil preguntas en mi mente. Me siento en una banca a esperarlo, intentando relajarme para que no note mi ansiedad.

Pasados unos minutos, no lo veo por ningún lado. Miro el reloj y son las 9:15, está siendo impuntual. Me imagino que se encuentra escondido, observándome todo el tiempo, y que yo estoy con cara de tragedia. Disimuladamente, comienzo a observar el entorno. Si está escondido, debe estar muerto de risa viendo mi cara de estar plantada. Intento actuar como si todo estuviera bien. Vuelvo a mirar la hora y ya son las 9:30. Empiezo a molestarme. Enciendo un cigarrillo y me lo fumo, necesito distraer mi mente. Comienzo a recordar los momentos agradables con Fabián. Creo que él nunca dimensionó lo que hizo por mí cuando me conoció. Creo que eso fue lo más bello. Me da nostalgia recordar todo lo vivido. Terminado el cigarrillo, vuelvo a mirar en dirección de donde debería venir caminando, pero no veo señales de que alguien se acerque. Vuelvo a mirar la hora y ya han pasado cuarenta minutos. Descarto por completo la idea de que esté escondido. Me levanto lentamente, deseando verlo, pero solo es mi imaginación. Cojo mis cosas, la decepción se apodera de mí, la pena me inunda y mil preguntas rondan mi mente. ¿Por qué me hace esto? ¿Se habrá olvidado de mí? No sé qué pensar. Llego a mi casa y me encierro en mi habitación a llorar. Mi mamá, algo confundida, golpea la puerta y pregunta qué me pasa. Con furia aún dentro de mí, le grito que Fabián me dejó plantada. Ella me abraza y me consuela. Luego le pido que me deje sola, necesito llorar.

Después de un rato, vuelven a tocar la puerta. No tengo ganas de responder ni de ver a nadie. La ilusión se ha convertido en decepción, y cuando eso sucede, es muy difícil salir de ese estado. Vuelven a tocar y grito que estoy ocupada. Una voz masculina responde:

—¡Soy yo, Fabián!

Me levanto rápido de la cama, secándome las lágrimas. No sé qué decir y él abre la puerta. Nos miramos con actitud confusa y entre risas se disculpa. Me dice que la micro nunca pasó y tuvo que caminar hasta mi casa. Lo miro y simplemente lo abrazo. Así estamos por varios segundos, no lo quería soltar había llegado mi amor.

Al rato Compramos unas cervezas y me cuenta todo lo que vivió durante el Servicio Militar. Es triste dejar a todos, extrañó muchas cosas y entre ellas a mí. Conversamos hasta tarde. Nos besamos, regaloneamos. Pero la ilusión se desvanece cuando me dice que en dos semanas debe regresar. Necesito aprovechar el tiempo con él y hacer planes. Al día siguiente, lo llamo para saber si nos vamos a ver, pero no me contesta. Mi plan de estar juntos se queda solo en mi mente. Tiene fiestas con sus amigos, luego con la familia y así pasan las dos semanas sin verlo como yo quiero. Eso me deja muy triste, tanto que termino con él por teléfono. Lo dejo libre y la pena vuelve a mí, el no sentirme importante nuevamente me hace soltar y seguir mi camino en soledad, Se acabó mi ilusión.

Pasan las semanas y mi dolor todavía está en mi corazón. Tenía tantas ilusiones de hacer mi vida con Fabián. Él es un gran hombre. No sé si he tomado la mejor decisión, pero también quiero que me valoren y me den la importancia que merezco. Sufro su partida, pero esta vez debo decir adiós para siempre.

Las semanas pasan y poco a poco voy resistiendo. Debo seguir adelante y dejar el pasado atrás. Me reúno con mis amigos, quienes, de manera inconsciente, calman mi dolor, aunque no les cuento en detalle. La única que sabe todo es mi Sole, pero lo mantenemos en secreto. Es mejor que no sea tema de conversación. También me doy tiempo para reencontrarme con mis amigos de la infancia. Siempre me reclaman por no estar nunca presente, y puede que sea ingrata, pero lo importante es que el amor que siento por ellos está intacto. No necesito verlos a diario para mantener viva esa conexión. Ya los he escogido y siempre los consideraré, incluso en la distancia.

El fin de semana es una locura. Vamos a celebrar el cumpleaños del Keko y nos encontramos con los amigos de siempre. Pero también han regresado algunos como el Zombie, mi gordito Leyton, y también es una sorpresa la llegada de un compañero que solía ser parte de la Okupa y al que le tengo mucho aprecio, el Melame. Me alegra ver cómo poco a poco vuelven a aparecer algunas de las personas con que solíamos juntarnos, aunque cada cierto tiempo voy a visitar a Melame a su casa y disfrutamos de pasear en su moto.

Esta noche promete ser especial, así que decido cambiar un poco mi vestimenta y darle un toque más sexy. Sole también se hace un cambio de look y luce muy elegante con su chasquilla de niñita de color fucsia y su espectacular maquillaje.

La fiesta se anima con la llegada de más personas, amigos del Keko, familiares y demás. Bailamos cumbia y con la Sole inventamos una coreografía divertida. Los chiquillos se mueren de risa. Hay mucha cumbia y reguetón, que no son muy populares en nuestras fiestas, pero lo pasamos muy bien.

Conocemos a una tía del Keko que nos habla abiertamente de sexo y nos cuenta sus experiencias. Nos matamos de risa con sus historias y consejos, es muy divertida. A veces se nos pierde en la fiesta, pero la buscamos constantemente para que nos siga contando. La Taty anda un poco descontrolada, siempre toma un poco de más, pero con algo de comida se le pasa. Todo es risas y en ocasiones nos perdemos entre la multitud, ya que hay mucha gente, pero todos son simpáticos y agradables. Es una noche diferente a las habituales, pero la pasamos genial como siempre.

Durante la semana, retomo mi rutina diaria. Llego del trabajo, me estiro y descanso por fin. Salgo a comprar cigarrillos y me encuentro con un amigo de la infancia, el Guatón Miguel. Hace mucho tiempo que no lo veía y nos abrazamos con mucha emoción. Junto a él está un chico llamado Andrés, que tiene una moto espectacular. Nos ponemos a conversar, con mi amigo Miguel, hacia bastante tiempo que no lo veía, él era uno de los líderes de nuestro grupo de infancia. En la adolescencia siempre nos cuidaba, comenzamos a recordar esos momentos, que genial. En eso, su amigo me dice:

—Yo a ti te conozco de chiquitita.

Lo miro y algo recuerdo... Le respondo:

—Puede ser.

Entonces me pregunta:

—¿Te gustan las motos?

Sorprendida, lo vuelvo a mirar, noto que quiere atención, le respondo con una sonrisa y digo:

—¡Claro que sí!

Me mira y me pregunta:

—¿Quieres ir a dar una vuelta?

Lo pienso, en realidad me encantan las motos y su adrenalina, miro al Miguel y me guiña un ojo, así que decido decirle que sí.

En un abrir y cerrar de ojos, ya estoy arriba de la moto. Comenzamos a recorrer la comuna, el aire es fresco. Él me pide que lo abrace fuerte, y no sé si quiere que esté más cerca de él o si es por mi seguridad. En la segunda vuelta, me deja en mi casa y se ofrece a enseñarme a manejar. Con mucha emoción, acepto y quedamos en encontrarnos al día siguiente.

Nuevo día y me siento emocionada, me han llamado de la entrevista que fui la otra vez y ya está el puesto disponible para mí, Llamo a Sole para contarle, ella reacciona ante la noticia y se alegra, diciendo:

—¡Susanita! Aprovecha la oportunidad y da el gran paso. Ya basta de miedos. Eres grande y sé que te irá bien. ¡Así que dale!

Sus palabras me alientan tanto que no pienso en nada más, que fluir y creer en mí.

Llega el día de tomar la decisión. Temprano me dirijo a la oficina de mis jefes para informarles sobre mi renuncia. Ambos me miran perplejos, pero solo uno muestra cierta preocupación. Don Víctor me mira y me pregunta:

—¿Puedo negociar contigo alguna mejora para que te quedes?

Escuchar eso es motivador. Sentir que están considerando alguna mejora es espectacular, pero no me hago ilusiones, ya que llevo más de un año sin ningún reconocimiento. No espero nada. Vamos a almorzar con las chicas, es como una despedida. Katy empieza a llorar, en realidad no quiere que me vaya. Hemos creado un vínculo tan hermoso, pero yo tengo la tranquilidad de que seguiremos viéndonos, nuestro cariño es real. Regresamos a la oficina y cuando me llama el jefe, siento un retorcijón en el estómago.

—Srta. Susana, no logramos llegar a un acuerdo para mejorar su sueldo. Es imposible hacer un aumento. De todas formas, muchas gracias por todo.

Es un golpe fuerte. Aunque sabía que esto pasaría, solo me queda despedirme de las personas maravillosas que he conocido, incluyendo a don Rodrigo, que es amigo de mis jefes y con quien comparto oficina en su empresa. Es mi último día, hay abrazos, emociones, llantos, y así termina mi jornada en esa empresa, para dar paso a mi nuevo trabajo.

MI CORAZÓN VUELVE A LATIR

Comienzo mi nuevo trabajo. Los compañeros son muy simpáticos, aunque me pongo súper tímida. Siento que aún no caigo en gracia. En realidad, soy bien chillona, me gusta tirar tallas y ser la payasa del grupo, pero aquí no me sale nada. Al rato llega el jefe y me invita a una reunión. Me entrega mis obligaciones y me ofrece un cigarrillo. Lo miro asombrada, un cigarro dentro de la oficina, ¿acaso se puede fumar? Insiste tanto que no puedo decir que no. Conversamos sobre el trabajo, la organización, lo que esperan de mí y que están contentos de que haya tomado la decisión de ser parte de su empresa. En eso le pregunto:

—¿Debo venir formal a trabajar?

—No, para nada, Srta. Susana, venga normal. A mí lo que me interesa es que haga bien su trabajo.

—Genial —respondo. Amo lo informal y ahora estoy en el lugar indicado. Digo chao a la formalidad. Ya son nuevos tiempos.

Llega mi cumpleaños, un año más de vida, un año más vieja. Suena el teléfono tempranito. Es mi Sole. Me llena de cariños. Es nuestro primer cumpleaños juntas y se ha convertido en un pilar fundamental en mi vida. Me gustan sus consejos. Siempre dice que Dios me va a recompensar. Nunca entiendo por qué lo dice, pero me encanta tener una amiga como ella. Me llama Tania, mi hermosa amiga de infancia. Me cuenta sobre Matías, cada día más bello y extrovertido. Leyton llega a mi casa como siempre, para pasar todo el día conmigo. Él es especial para mí, como un hermano, pero el más pesado en todos los sentidos. Miles de mensajes y llamadas colapsan mi teléfono. Amo mi día. Siento que cada año la gente me recuerda su amor y confirma que mi esencia sigue intacta, porque siempre se acuerdan de mí. Eso quiere decir que soy especial para todos esos corazones. Este año no lo festejo, uno porque Scarleth ha estado algo enferma y otro porque he decidido estar más en familia, compartir con mis hermanos y mamá, este es el tercer cumpleaños sin mi papá, me da nostalgia, pero sé que alguna vez volveremos abrazarnos y dedicarnos palabras de amor.

Han pasado las semanas. Andrés ya tiene mi número y empezamos a juntarnos más. Mis clases de conducción van a la perfección, aunque debo decir que solo practico en el pasaje. Me da susto enfrentarme a los autos. Debo admitir que este chico me atrae. Siempre anda bien perfumado, salido de la ducha. Es humilde y simpático. Realmente me divierto mucho con él. Aunque mi corazón sigue con Fabián, pero debo aceptar que ya me olvidó.

Una tarde, Andrés se ofrece a ir a buscarme a mi trabajo, que queda en Maipú. No es tan lejos. Yo accedo. Pasamos a comer algo, disfrutamos la tarde llena de risas, lo observo, me mira fijamente y yo le devuelvo la mirada, siento que prende algo en mí, una pequeña lucecita, el tiempo pasa volando cuando estoy con él, de repente me doy cuenta de la hora, ya se hace tarde, me subo a su moto y viajamos por todo Maipú, lo abrazo fuertemente y el me acaricia mi mano, amo su perfume.

Llegamos a mi casa. Cuando nos vamos a despedir, me mira y me da un beso en la boca. Yo acepto. Me dejo llevar por el momento y me gusta lo que estoy sintiendo. Vivo mi presente, olvidando mi pasado.

Semana de adaptación. Cada vez me convenzo más de que es un buen cambio. El jefe es genial y mis compañeros son estupendos. Me apoyan y me enseñan mucho. Creo que este paso será muy constructivo para mi vida. Durante la semana, me llaman las chicas de la oficina para decirme que me extrañan. En realidad, yo también las extraño. Katy me cuenta que, desde mi salida, les asignaron más trabajo sin ningún aumento de sueldo. Son tan canallas. Lo único bueno que saco es el aprendizaje, mis amigas y también Don Rodrigo, quien desde mi salida me llama para saber cómo me va. Él es realmente humilde y sencillo, lo cual me llama mucho la atención, considerando que la mayoría de los dueños de empresa no son así. Ver esos valores en él es maravilloso.

Llega el anhelado viernes, mi día favorito. Andrés anda raro; me ha llamado antes de salir indicándome que no vendrá a verme, justo hoy que tenemos un evento con mis amigos. Sé que algo le pasa, pero tampoco quiero agobiarlo, así que es preferible que hoy no nos veamos. Decido ir sola a la junta con mis amigos. Llego a casa después del trabajo, me baño y me arreglo. Mientras, en mi radio, suena de fondo Placebo. Mi niña Sole me ha regalado un CD de ellos y espero con ansias escuchar Bitter Ends. Será una inyección de adrenalina para mis oídos.

Nos juntamos en la casa de Sole. La abrazo y le doy un beso. Más allá, Taty grita:

—¡Susanita!

Ahí está mi pequeña. Llega Carita y me abraza, y José me dice:

—¡Qué bueno que viniste!

Comenzamos a caminar; esto queda cerca de la casa de Sole, así que decidimos hacer la previa unas cuadras antes. Pasamos a la botillería y nos sentamos en la vereda. Comenzamos a conversar de todo y también sobre la lejanía de algunos. Los chiquillos empiezan a pedir que no me aleje, ya que me extrañan. Sé que he estado un mes sin juntarme, pero ha sido por todo el alboroto de Andrés, que me ha revolucionado. Quería conocerlo más antes de integrarlo al grupo, aunque en esos tiempos había varios alejados. Estábamos creciendo. Yo solo deseaba que todo volviera a ser como antes, pero ese "antes" era cuando no había responsabilidades. Éramos solo estudiantes que disfrutábamos todos los días juntos. Me hubiera quedado en los dieciocho. Me da nostalgia pensar que esto puede acabar. Sé que es la ley de la vida crecer, pero no quiero perderlos. Les prometo que volveré a estar más con ellos, aunque sé que debo integrar más a Andrés. Él es super quitado de bulla, apenas bebe una cerveza y no fuma. En realidad, somos polos opuestos, pero nos queremos.

Tanto hablar hace que se nos pase la hora, y nos vamos rápidamente al pub, algo mareados. Cuando llegamos, vemos a gente devolviéndose. Nos acercamos y nos avisan que el tributo no se pudo realizar, pero eso no es motivo para terminar la noche. Así que nos vamos a un antro llamado Carrera. Entramos y nos ponemos a bailar. Nos abrazamos y reímos. Con Sole basta una mirada para saber qué sentimos. Nos amamos. Yo la miro y solo deseo siempre tenerla conmigo. De repente, Sole, Carita y Taty se suben al escenario a bailar libremente, sin ninguna vergüenza. Los observo desde lejos y miro a mis amigos. Veo su cara de felicidad. Sole vibra, Taty se siente única y Carita ha florecido por todos lados. Se ve un hombre lleno de luz.

Al terminar, nos quedamos en casa de Sole. Despertamos tipo once, tomamos desayuno y luego me voy. Cuando llego a casa, mi mamá va saliendo con mi hermano.

VIVE LA VIDA NIÑA

Me invitan, pero me siento algo cansada, así que opto por quedarme. Igual tengo ganas de compartir con ellos, pero estoy algo baja. Andrés no se ha comunicado conmigo desde ayer, y hoy tampoco. No sé qué le pasa. Al rato me dan ganas de tomar una cerveza, abro el refrigerador y, por suerte mía, hay algo para mí. Me pongo en el sillón, prendo un cigarro y comienzo a escuchar música. En eso pienso cuál ha sido el motivo de que Andrés no me hable desde ayer. Tomo el teléfono para saber qué pasa, pero al llamar, nadie contesta. ¿De verdad me dejará sin saber qué pasa? En eso, comienzo a recordar las conversaciones que he tenido con él, y una vez me ha dicho que le molestan las mujeres que tienen vicios, que pierde el interés. Tal vez él ya no quiere nada conmigo porque soy todo lo contrario a lo que él desea. Entiendo que me quiere cuidar, pero ¿será ese el motivo de su lejanía?

Pasan las horas y se acaba la cerveza. Mi angustia sigue creciendo. Vuelvo a llamarlo y me corta. Me paro en busca de más alcohol y encuentro una botella de pisco. La bebida está en el refrigerador. Todo fluye para ahogar mi ansiedad. Comienzo a llorar, siento que de nuevo voy a sufrir por amor. De nuevo me dejan sola. Claramente, yo soy el problema. Pero necesito hablar con Andrés para que me explique qué pasa. En eso suena una canción en la radio que me hace viajar al pasado y me recuerda a mi padre. Nunca más supe de él, nunca más vi su cariño de papá. Me dejó sola, y ahora Andrés también me deja. Nadie entiende mi dolor. Él no me acepta como soy. Todos de alguna forma quieren cambiar algo de mí, y yo sinceramente amo quién soy. El trago me hace confundirme más, perder mi identidad. Trato de pararme para ir al baño. Mis ojos no dan más de lágrimas, y entro al dormitorio. No sé nada más...

Ese día, me emborracho de dolor. Mi corazón sufre por nuevamente sentir que me dejan sola. Despierto a golpes por mi hermana, quien me grita por mi borrachera, y yo solo me escucho a mí misma llamar a mi papá…

Al día siguiente no voy a trabajar. Abro mis ojos y Andrés está sentado al lado de mi cama, cuidando mi sueño. Me asusto al verlo; tengo pánico de lo que me viene a decir, y en eso voy a hablar cuando él dice:

—No te dejaré sola. Te voy a ayudar a salir de esta pena. En primer lugar, debes buscar un tratamiento para el alcohol.

Cuando me dice eso, yo no sé si llorar o reír. Lo miro y le digo:

—¡Yo no soy alcohólica! Estoy triste, y a veces me desahogo en el alcohol.

Él me abraza fuerte y me dice dulcemente que estará conmigo.

Desde ese momento, nuestra relación se fortalece. Él ya sabe quién soy y entiende mi dolor. Se da el tiempo de conocer mi mundo y mis amigos. Promete no soltarme, y desde ese día comienza una linda relación. Ya no hay dudas sobre nuestro amor.

Todo marcha bien con Andrés. Siento su apoyo incondicional, y de a poco voy superando mis penas. En la semana me llaman del Liceo para avisarme que mi titulación se realizará la segunda semana de diciembre. Debo asistir para recibir mi diploma de Analista Contable. ¡Guau! Estoy tan emocionada. Contacto a mis amigos, y a ellos también los han llamado. Qué emoción volver nuevamente al colegio, ver a los profesores, el patio, tantos momentos que viví allí. Las chiquillas, que no supe nada de ellas hace rato.

Pasan los días, y mi Sole me llama todas las semanas para saber cómo estoy. Mi hermanito pasa de curso. Tantas veces que se ha tenido que cambiar de colegio, pero al fin saca su octavo. Ya está todo un adolescente; cómo ha crecido. Estoy tan orgullosa de él. Compartimos una muy sencilla once con mi mamá y Romina. Como fuese, hay que celebrar su primer gran logro.

Nuevo amanecer y hoy me toca a mí. Llega el día esperado: hoy recibo mi diploma. No se imaginan lo importante que es para mí sacar mi título. Me siento orgullosa, he logrado mi segundo objetivo. El camino recorrido fue difícil, pero los frutos van llegando de a poco a mi vida. Nunca olvidaré al abuelito de la micro, ese ángel que se cruzó en mi vida con el único objetivo de ayudarme. Solo recordarlo me emociona. Lamento mucho no haber seguido el contacto. Pero este logro se lo dedico a él. También agradezco a todas las personas que estuvieron a mi alrededor, alentándome. Creo que son recuerdos que siempre tendré en mi corazón. Llego a la ceremonia y me encuentro con algunos compañeros de Contabilidad, y ahí está Dany. Tanto tiempo sin saber de ella. Nos abrazamos con mucha nostalgia. Más allá está Carita, Koala, Keko, todos ansiosos esperando el diploma. Me encuentro con el Inspector Julio. Me abraza con cariño. Qué bello reencuentro. Hoy recibimos nuestro diploma de titulación, hoy puedo decir que ya soy Analista Contable, mi corazón está feliz.

Nueva mañana. Hoy es la Graduación de mi niña Sole. ¡¡¡SIIII!!! Al fin cumplió su promesa y termino su cuarto medio. Despierto temprano y la llamo. Se está preparando para ir al Liceo y recibir su diploma. Se escucha súper contenta. La felicito y le digo que me da orgullo ser su amiga y que estoy muy feliz. Recuerdo cuando la conocí y me dijo que no le gustaba el colegio y no tenía motivación para terminar. Ese día le hice prometer que sacaría su cuarto medio y que celebraríamos su logro. Hoy estamos en ese día, y la lleno de palabras bellas y emotivas para este momento. Nos despedimos con mucho amor y la suelto para que vaya a brillar.

De a poco nuestro romance con Andrés pasa a palabras mayores, nuestro amor fluye de forma espontánea, nos gusta vernos a diario, salimos a dar vueltas en moto, me sigue enseñando a conducir, es romántico, me gusta mucho y me hace sentir bien cuando estoy junto a él. Un día me pide que lo acompañe a un lugar. Se nota algo raro, esta serio, pero a la vez me mira con incertidumbre, le pregunto si está bien, el solo responde que sí, me subo a la moto y lo acompaño. Cuando vamos avanzando, lo abrazo fuerte. Pienso en lo importante que se ha transformado para mí y en su paciencia para aguantarme. De pronto, frena la moto, me pide que me baje y me dice:

—Aquí te dejo yo. Es hora de que te reconcilies con tu pasado.

Quedo perpleja. En eso miro mi alrededor y me doy cuenta de que estamos afuera de la casa del hermano de mi papá y le respondo:

—¿Qué haces? ¿Por qué me trajiste acá? ¿Cómo voy a acercarme a él si no quiere saber de mí?

Me toma las manos, me mira y dice

—Amor, inténtalo. No quiero verte sufrir más por él.

Lo miro con los ojos llorosos. No entiendo por qué ha hecho esto. Es tan difícil para mí enfrentar a mi papá. Tengo miedo de su rechazo. En eso, Andrés me abraza y me dice:

—Estoy aquí. Si te va mal, estaré esperándote. Pero no puedes dejar pasar la oportunidad.

Respiro profundo y camino. Mi corazón late fuerte. Tengo una gran angustia en el pecho. Avanzo hacia la puerta de esa casa. Vuelvo a mirar a mi amor, él está ahí esperando por mí, con cara de preocupado y a la vez animándome a que toque el timbre, en eso lo hago y una señora abre la puerta. Le pregunto si está mi papá. Ella me dice que sí, que espere y cierra la puerta. Me siento en el umbral de la casa. Mi mente está en blanco. En eso, se abre la puerta y él aparece. Me mira asombrado, yo le quedo mirando, estaba más viejo, más flaco, con una pena en sus ojos, quedamos paralizados por unos segundos, hasta que atiné y le di un fuerte abrazo y le dije

— ¡¡¡Te amo papá!!!

Nuestras lágrimas brotaron por nuestras mejillas, fue un momento muy emocionante, sé que se había portado mal, pero era mi padre y debía quererlo nada más.

Cuando el abrazo terminó, agacho su cabeza pidiendo perdón, mi corazón tenía mucha pena, pero a la vez estaba feliz, porque no me había rechazado, me invita a pasar, compartimos un rato con los tíos, lo veía muy contento, quería saber qué había hecho, le conté que estudié contabilidad, que actualmente estaba ejerciendo en esa profesión y que ya me había titulado, le brillaban sus ojos, sentía que le daba orgullo, nunca fui su preferida, pero sé que en el fondo, ver que sola había conseguido varias cosas, era un orgullo. Nuevamente con lágrimas en los ojos me despedí de mi papá y prometí que nos volveríamos a ver. Cuando salí abracé al Andrés, le agradecí el bello gesto que hizo por mí, él me aconsejó y me ayudó a sacar todo ese odio que sentía por mi propio padre, fue un momento emotivo, que quedara por siempre en mi corazón.

Una nueva Navidad ha llegado y este año tenemos regalitos para poner en el árbol, nunca olvidaré nuestra primera Navidad en la casa, apenas teníamos para comprar un kilo de pan, pero la felicidad que teníamos era única, sé que lo material no hace la felicidad, pero este año quiero regalonear a mi familia, lo merecemos, nos sentamos a cenar, Camilo era el más contento, ya no era nuestro pequeño, pero de igual forma era mi regalón, estaba ansioso por que se veían los regalos en el arbolito.

Llegan las doce abrir los regalos, pequeñas cosas que nos llenaban el corazón, en eso toda eufórica entra la Scarleth con su regalo del viejito pascuero e inevitablemente se fue directo al árbol, a ver que había para ella, mi pequeña toda ansiosa abriendo lo que le teníamos. En eso llega mi amor, con su cajita pequeña para mí, yo le entrego su regalo y comenzamos a abrirlo, guauuu era un perfume nunca había tenido uno, me lo aplico y el aroma era espectacular, con esto estaré obligada a bañarme ja, ja, ja, Al rato le pedí permiso a mi mamá para invitar a mis amigos, después de pasar las doce en familia, ella accedió así que llamé a todos los chiquillos para que vinieran y pasáramos un rato agradable juntos. Brindamos por la salud y el amor, por los momentos felices y los desafíos superados. Estoy en paz.

Llega el Año Nuevo y decidimos celebrarlo de manera distinta. Ya no queremos las fiestas descontroladas de años anteriores. Esta vez, con el Andrés, optamos por una noche tranquila y sobria. Preparamos una cena especial en casa, con velas y música suave de fondo. Nos sentamos juntos, disfrutando de la comida y la compañía. Reflexionamos sobre el año que dejamos atrás y compartimos nuestros deseos y metas para el que comienza. A medianoche nos abrazamos y nos deseamos un feliz año nuevo lleno de amor, paz y prosperidad. Brindamos por el futuro y por seguir construyendo una vida juntos.

Nuevo amanecer, me levanto temprano y me doy una ducha, mientras él Andrés se levanta para ir a dejarme donde la Sole, comienzo a vestirme, ya hacía mucha calor, me pongo mi mini coqueta, me pongo una polerita sencilla y salimos, vamos en camino, el día está demasiado caluroso, pero en la moto no se siente, me deja en la Estación Central me da un fuerte beso y en la tarde me esperaría en casa, sigue su camino, yo miro hacia al frente y ahí está ella con carita de felicidad, alzando su mano para que la viera, nos miramos con complicidad, nos abrazamos fuertemente, dándonos todo el amor y deseándonos un nuevo año juntas...Nuestra amistad seguía intacta como lo habíamos prometido en los Andes, estuvimos todo el día en su pieza escuchando música, conversando, también estuvimos arreglándonos el pelo, yo tenía la embarrada, ella se reía por mi cabello de todos los tonos menos del que quería, me aplico agua oxigenada del treinta y decoloramos, la idea es que quedara un violeta maravilloso... ¡¡¡QUE CALOR!!! Treinta y cinco grados, con la Sole estábamos desesperadas, nos estiramos en su cama mientras mi pelo se iba descolorando cada vez, ella me hablaba de su vida, de lo mucho que había cambiado, sentía que tenía ganas de hacer mil cosas, se sentía motivada, enamorada, ella se merecía muchas cosas por ser tan buena y especial, las risas llegaban a nuestras conversaciones cuando hablamos de sexo ... aunque yo era más piola para todo eso, ella me hablaba libremente de sus cosas, yo solo reía. Termina la tarde, mi pelo quedo maravilloso, mi Sole hizo lo imposible para que se viera de mi color favorito, nos despedimos con cariño, mientras salgo me topo con la Jodie la hermana de la Sole y me abrazó sorprendiéndose de mi pelo, era un cambio de look radical, pero me sentía cómoda, me despido y me voy...

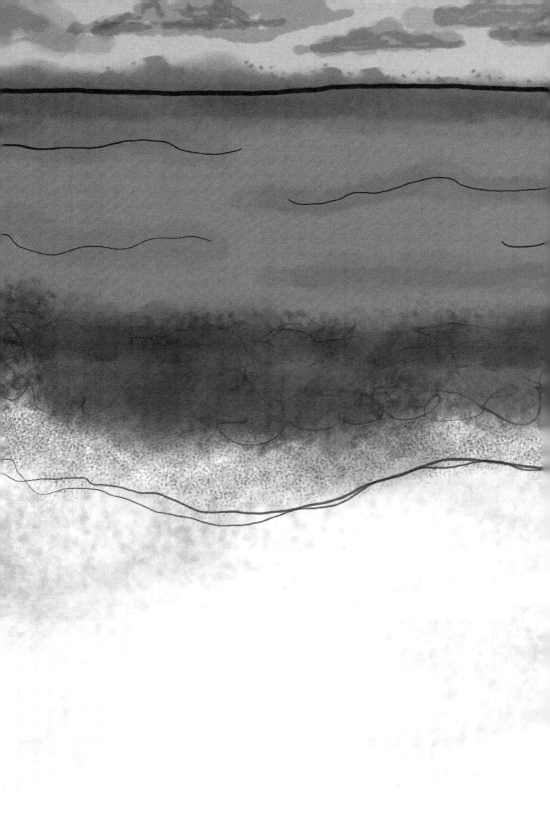

VACACIONES AL FIN...

RELAX

Llega el momento que tanto esperaba y estoy lista. Solo falta Andrés para ir al terminal, pero aún no llega. ¿Se habrá quedado dormido? Comienzo a llamarlo y no contesta. Mi paciencia se está agotando. Finalmente, contesta en el tercer intento y me dice:

—No podré viajar, tengo un tema que debo resolver. Ve tú y yo llegaré más tarde. Después te llamo para explicarte.

—¡¿Qué?! ¿Cómo me dejas plantada? Le digo.

Por favor, viaja y después llego yo. Más tarde te llamo.

Agarro mi bolso y me voy, muy molesta sin entender. Claramente, esto no impediría que yo fuera, pero es una lata lo que ha pasado.

Tomo el bús rumbo al Quisco, junto a Sole y Carita, en el viaje nos fuimos planeando todo. Vamos felices, al rato me recuesto en mi asiento, me relajo y comienzo a dormir. Pasa una hora y me quedo absorta en el sueño. De repente, escucho una voz tierna y fuerte:

—¡Susanita, despierta!

Abro mis ojos gigantes y veo a Sole y Carita burlándose de mi rostro.

—Llegamos al fin.

Nos ponemos de pie y partimos. Aire marino. Sole me mira, yo le cierro un ojo, sonreímos y sabemos que serán unas vacaciones espectaculares. Encontramos una habitación barata con dos camas. Con Sole estamos tan contentas. Ordenamos la ropa, dejamos todo en su lugar y nos metimos al baño para ponernos el bikini... En eso, Carita dice:

—¡Chiquillas, vamos a las rocas!

—¡Sí, genial! —respondo ansiosa.

Esas rocas son inolvidables para mí. El año pasado estuvimos allí, me traen muchos recuerdos. Partimos contentos. Vamos caminando y mis ojos están emocionados. Quiero llegar pronto a la famosa torta de rocas, a la que yo llamo la tortuga, aunque en realidad no se parece en nada. Ya estamos aquí, donde una vez estuvimos todo el grupo, donde alguna vez reímos juntos y nos prometimos amor eterno. Una hermosa vista al mar, las olas chocan en nuestros pies. Qué hermosa es la naturaleza. Carita prende un verde y comenzamos a disfrutar del paisaje. Sole se ve tan feliz, su sonrisa es radiante, está enamorada. Mi querido amigo Carita es un mamón lleno de amor por ella. Yo los miro con cariño, deseando que esos momentos no terminen jamás.

Luego bajamos a la playa. Está caluroso y nos quitamos la ropa. Debo admitir que sigo siendo pudorosa e insegura, en eso miro a Sole y al parecer está en las mismas, le hago seña para que nos saquemos la ropa juntas y ella toda roja comienza a hacerlo, mientras que el Carita estaba muerto de risa, por todo el show que hacemos.

Finalmente, nos sacamos la ropa y fuimos rápido a bañar, corríamos como locas, para que nadie nos mirara, éramos unas cabras chicas sonriéndole a la vida.

El agua esta súper helada, pero nos hicimos las valientes y comenzamos a tirarnos piqueros para que pasara el frío, en eso me pongo a bailar en el agua y la Sole con una cara de asombro me dice...

—¡¡¡¡Susanita!!!... se te ven tus bubis…

—¡¡¡¡QUE!!!

Me miro y sorpresa, mi traje de baño, que tenía de como cinco años, ya estaba desgastado y se me veían todas mis pechugas, la miro y nos matamos de la risa. ¿Cómo salgo ahora del agua?

Ella mira hacia el Carita y comienza a hacerle señas, pero él cómo siempre estaba distraído, no nos puso atención. No quedó de otra que jugar al trencito, yo iba detrás de Sole y ella tapaba mis tetas con su cuerpo, qué manera de reír.

Llegó la noche, llega el carrete, el Andrés nunca llegó, ni idea de él, pero eso no arruinará la estadía, así que nos arreglamos y salimos, de repente me suena el celular, era mi Taty querida, estaba en el Quisco woooo… que bkn, me indica que nos llamaría más tarde para vernos. Mientras tanto nosotros nos fuimos a hacer la previa a las rocas, donde mismo habíamos estado en el día. Nos acomodamos y saboreamos un rico vinito, fumamos, conversamos y disfrutamos de la luz de la luna.

Pasan las horas. En disfrutar juntos no nos damos cuenta ya son las dos de la mañana, es hora de marchar, la Taty no llamo, así que comenzamos a caminar, solo la luz de la luna nos alumbra, partimos en trencito, Carita iba primero, después Sole y yo al último, bien mareaditos, teníamos que subir por un lugar, que estaba resbaladizo, la brisa del mar lo mantenía húmedo, estamos en eso, pero la risa abunda en nuestros rostros. Carita trata de subir a Sole, la Sole trataba de subirme a mí y en una descuidada nos caímos las dos, no parábamos de reír, entre risas la Sole me alega.

—¡¡¡Ya po Susanita, estás toda curada!!!
—¡Y tú! Le respondo.

Yo trataba de escalar, pero me resbalaba a cada rato, no era un lugar peligroso, no había riesgos, pero si para salir de la playa debías subir un camino bien parado y con el copete encima, no lo lográbamos, la risa me quitaba las fuerzas. Solo la luna era testigo de nuestra ebriedad.

Nuevo día, me siento en la arena, observando las olas mientras descanso. El sol acaricia mi piel y cierro los ojos.

Es el momento perfecto para relajarme y olvidar todo. Más allá observo a mis amigos, como juegan en el mar, su amor es único y verdadero, que cuatico como llegas a complementarte con otra persona, deseo que eso me pasara con Andrés.

Llega la tarde y es hora de irnos. Caminamos hacia nuestra habitación cuando suena mi teléfono. Es Andrés. Mi corazón se acelera, no quiero seguir peleando con él. Contesto seria, necesito que se dé cuenta de que ha arruinado las cosas. Él dice:

—Solucioné mi problema, hoy viajo. Quiero verte.

Solo escucho y le respondo con un simple "OK", pero no me hago ilusiones. A esta altura, da igual.

Una nueva noche trae consigo un nuevo carrete. Sole y yo debemos bañarnos, pero resulta que no hay agua caliente. así que nos metemos juntas y nos tiramos un poco de agua por todos lados. Es una bañada exprés, a cualquiera le puede pasar. Cuando salimos del baño, Carita se burla de nosotras y dice:

—¡Cochinas, nunca se bañan, ni el pelo se mojan!

Lo miramos y Sole salta diciendo:

—¡Amor, fue una bañada exprés, no lo notaste!

En eso, estallamos en risas los tres. Carita agarra su toalla y se va a bañar, mientras nosotras empezamos a vestirnos y ponernos nuestra mejor ropa.

De repente, suena mi teléfono otra vez. Es Andrés y contesto:

—Hola, en media hora llego al Quisco. ¿Me vas a buscar al terminal? Le respondo.

—Si no te preocupes

Terminamos de arreglarnos, Carita sale del baño y estamos listos y hermosos para una nueva noche en el Quisco. salimos al terminal. Estamos llegando, cuando de repente veo a Andrés junto a dos personas más. No tengo idea de quiénes son. Miro a Sole y entiendo su señal.¿Dónde van a dormir?

No alcanzamos a decir nada porque Andrés, sin preguntar, invita a sus amigos a quedarse con nosotros. Lamentablemente, tenemos que decir que no. Nuestra habitación es pequeña y no queremos compartirla con gente que no conocemos. Les sugerimos que vean si la señora que nos arrendó tiene otra disponible. Al final, ellos arriendan una en el mismo lugar que nosotros y todo se soluciona.

En eso Andrés, me abraza con amor, yo no digo nada, solo me dejo querer, en realidad extrañaba todo de él, su piel, su aroma, nuestro amor era diferente, me había entregado por completa a él y no me arrepentía de nada, solo quería amarlo intensamente.

Esa noche nos animamos a bajar nuevamente a las rocas, nuestro lugar favorito, compramos cervezas, e íbamos caminando, cuando de repente pasa un auto y gritan.

—¡CARITAAAAA!

Todos nos damos vuelta. El auto frena muy rápido y se baja un joven emocionado en dirección hacia nosotros. A medida que se acerca, lo reconozco, es Héctor, un amigo que conocimos el año pasado con el grupo. Se abraza con Carita, nos saluda cariñosamente y nos invita a un carrete. ¿Qué nos dicen a nosotras? ¡Ya estamos arriba del auto!

Llegamos a la casa del carrete y Héctor nos dice que en la habitación del fondo está Taty, que vayamos a verla.

—¡Quéeee! ¿La Taty?

—Sí, esta en su habitación, vayan a despertarla —dice Héctor.

Partimos a buscarla, no puedo creerlo. Entramos a su habitación y la encontramos recostada sobre su cama con algo de alcohol en el cuerpo. Tratamos de despertarla y cuando abre los ojos y nos ve, nos saluda eufórica. Está super contenta de vernos, se levanta y trata de incorporarse rápidamente. Se lava la cara y salimos de su habitación para ir a la fiesta. La casa está llena de gente, todos bailan y otros conversan, pero nosotras necesitamos un poco de aire, así que salimos al patio. En eso, Taty nos dice:

—¡Vamos al bosque! Mis amigos están ahí.

Accedemos de inmediato. Es noche de luna llena, todo está iluminado. Vamos entrando al bosque y al fondo visualizo una fogata, música, canciones y buena onda. Nos acomodamos alrededor de la fogata y empezamos a tomar. Hay mucha gente e intentamos compartir con todos. Las guitarras fluyen en su melodía, miro a Andrés y ya tiene cara de molestia, como si nada le gustara, eso es lo que me hace sentir.

Al pasar la hora, a lo lejos veo una luz grande que nos apunta, me cuesta mirar. De repente, gritan "¡LOS PACOS!" y todos salen corriendo. Nunca había sentido tantas ansias de salir de un carrete para llegar rápido a casa, pero en esta ocasión no me dejaría atrapar. Así que empezamos a correr por el bosque. Entre toda la adrenalina y las emociones a mil, escucho a Andrés que me llama desesperado. Yo, en la oscuridad, busco a Sole, no vemos nada, todos corren sin destino, algunos chocan con los árboles, yo me golpeo con las ramas en la cara, es tragicómico. Al final del camino llegamos a una pequeña salida y los pacos nos alcanzan. Quería llorar, tenía miedo y me paralicé. Taty no para de reír y en eso nos dicen:

—¡POR QUÉ CORREN!

Todos quedan en silencio.

—Solo veníamos a pedirles que se retiren de aquí, ya que es un recinto privado. Aquí no se pueden hacer fogatas, ni nada por el estilo, pueden provocar un incendio.

Nos miramos con cara de estúpidos, pedimos disculpas y salimos del lugar. Nos fuimos de vuelta a casa de Tati. Ya estaban todos ebrios, el ambiente estaba algo extraño. Con Sole observamos mientras nos tomamos un vino. En eso, Andrés insiste en que nos vayamos, accedí. Sole con Carita se quedan un rato más, así que nosotros nos vamos a descansar.

En las dunas, el día está nublado y hace frío, pero no es impedimento para meternos al mar. Esta vez no pasará un bochorno, ya que mi Ñiña Sole me ha prestado un bikini negro. Nos metemos al agua, el frío es aterrador, pero Andrés y Carita se animan igual y disfrutamos de este mar junto a nuestro amor.

Al rato llega Taty con sus amigos, se acomodan junto a nosotros. El canto, las guitarras y la buena onda fluyen de manera espectacular. Disfrutamos de la tarde, miro a mi amor, lo noto inquieto, lo tomo de la mano y salimos a caminar. Nos abrazamos y besamos frente al hermoso mar.

Se nos pasaron los días extremadamente rápido. Que manera de disfrutar en este hermoso mar, Hoy es nuestra última noche en el Quisco. Volvemos a las rocas, nuestro lugar favorito. Vamos en camino, allá nos encontraremos con Taty y sus amigos. Miro a mi amor, lo noto serio. La verdad es que a él no le van las fiestas, por él estaríamos acostados viendo tele, pero yo solo quiero vibrar. Somos tan diferentes, sé que no soy lo que él desea, pero me cuesta ser lo que él espera. No puedo fingir.

Llegamos y comenzamos a disfrutar de esta última noche. Andrés me mira en la distancia, con cara de despido, yo lo observo, lo dejo. Solo el destino decidirá si estaremos juntos o si debemos soltarnos de una vez.

Todos los demás disfrutan del mar, su oleaje y la hermosa luna. Es el momento y el lugar ideal, para sellar estas hermosas vacaciones.

Volvemos a la realidad, mi cansancio es extremo, pero me siento feliz de haber estado toda la semana con Sole, mi amiga fiel, me entrega tanto amor, que llena mi corazón.

Es hora de once, ponemos la mesa y disfrutamos de un rico té con pancito, junto a las aventuras de mi hermano Camilo, las cuenta con tanta emoción, se nota que lo disfruta. Mientras habla, me pongo a pensar en cuánto ha crecido. Ya no es aquel pequeño indefenso, ahora es un hombre, fuerte, grande. Me siento orgullosísima de él.

Las semanas pasan, con Andrés cada vez nos distanciamos más, sus ganas por mi bajaron desde que fuimos a la playa, vi cómo me observo, sus miradas siempre fueron profundas, tengo la sospecha que pronto me dirá que cerremos lo nuestro y lo entenderé, no somos para nada compatibles y yo no quiero cambiar.

Hoy es viernes y he planeado ir a ver a mi Sole. Tengo muchas cosas que contarle y también necesito algunos consejos para saber qué haré con mi vida. Ella es mi confidente, me puede ayudar a aclarar las ideas y qué mejor que sea Sole quien me ayude.

Llego a casa de mi amiga, golpeo la puerta y abre la tía. Mamá de Sole. Nos abrazamos con tanto amor. Ella es muy dulce conmigo. Me invita a pasar y también aparece el tío. Papá de Sole. Nos saludamos y me ofrecen jugo. Nos sentamos a conversar, hasta que le pregunto por la Sole. El tío, con una sonrisa que no puede disimular, me cuenta la gran noticia: se ha ido a matricular para estudiar Diseño y Vestuario.

—¡Quéééé...! ¿Cómo? ¿Cuándo? ¿Por qué no me lo contó? —río.

Sole era una caja de sorpresas, sin duda estaba feliz por ella. Me acomodo y comparto la tarde con los tíos para esperar a mi hermosa. El tío me habla de la vida, de lo importante que son los estudios, de que debo buscar la forma de hacerlo. ¡Susanita debes pensar en tu futuro! Lo escuchó con atención. Ellos me animan a que vea opciones, agradezco su preocupación.

VIVE LA VIDA NIÑA

Pasa la hora y se hace tarde, debo irme. No puedo seguir esperando, a mi hermosa amiga, pero estoy feliz. Me despido de los tíos con muchos abrazos y cariños. Agradezco cada consejo que me han dado. Siento que los quiero y que todo fluye de una manera maravillosa. Prometo volver a verlos otra vez. Salgo de la casa y emprendo el vuelo hacia mi hogar.

Al día siguiente llamo a Sole para felicitarla y me cuenta que se ha inscrito en el Duoc. Lo único malo es que le queda demasiado lejos, pero ahí está la carrera que ella quiere: Diseño y Vestuario.

Con mucha emoción, le digo:

—Mi niña, todo fluirá de manera maravillosa. Sé que tendrás que sacrificarte en las mañanas para llegar, pero estarás feliz con este gran logro. Aprovecha la oportunidad que te están dando tus padres.

Ella, con voz de felicidad, me responde:

—¡Síii... Susanita, lo haré! Estoy feliz de todo lo que está pasando y por fin estudiaré para poder ser una de las mejores diseñadoras de moda en Chile.

La escucho hablar a través del teléfono y me emociono. Siento que está muy feliz. Le prometo que algún día la iré a buscar y que iremos al SCHOPDOG a celebrar. Es una especie de pub que queda cerca de su casa. En realidad, siempre quisimos ir las dos solas, pero nunca estábamos sin los chiquillos. Ahora es la oportunidad de compartir solo nosotras dos y celebrar.

Llega marzo. Tengo tantas cosas en mente y todavía la idea de ser bailarina me da vueltas. Es mi sueño. Siento que el paso de Sole me está animando para también lanzarme y hacer algo por mí. Todo es tan engorroso, pero debo comenzar por averiguar un poco más.

En el trabajo, comienzo a buscar universidades que tengan la carrera de danza. Llamo y me indican que debo ir presencialmente a realizar las consultas y que vaya pronto porque las clases comienzan en dos semanas… Uuu, es mi momento de actuar. Hablo con mi jefe y le pido permiso para retirarme después de almuerzo e ir a averiguar.

Llego a la universidad, al departamento de atención al cliente, y me derivan de inmediato a un ejecutivo de admisión. Muy amablemente, me atienden y resuelven mis dudas. Me explican el proceso de admisión, los requisitos, la maya y sus horarios. Me entusiasmo cada vez más. Tengo una entrevista con la coordinadora de la carrera. Me dan un formulario para llenar y me piden adjuntar algunos documentos. Salgo de ahí feliz, con el papel en mano y una alegría que no puedo explicar.

Regreso al trabajo y les cuento a mis compañeras. Se alegran mucho por mí y me dan su apoyo incondicional. Me siento tan agradecida de tenerlas en mi vida. Pasan los días y sigo recopilando los documentos que piden. Hago los trámites, entrego todo en la universidad y espero ansiosa la respuesta. La coordinadora me llama a los pocos días y me informa que estoy lista con la documentación, yo toda ansiosa la escucho con atención, hasta que me informa los valores mensuales que debo pagar. Mi rostro cambia de la felicidad a la angustia, debo despertar…

Mucho dinero para lo que yo gano, me frustro, tengo rabia y culpo a la vida por sus injusticias. Por qué para algunos es tan fácil y para otros tan difícil, siento que la vida me da la espalda y con ella se lleva mis sueños, le agradezco a la coordinadora su información, pero ya todo acabó. Pasan las semanas y aún tengo la angustia de aquel día, creo que jamás lo olvidaré, es uno de los capítulos de mi vida más frustrantes, ya que tengo que cerrarle definitivamente la puerta a uno de mis sueños más importantes y volver a empezar.

SORPRESA INESPERADA...

Llega abril y me preparo para ir a trabajar, pero me siento mal, mareada. Quizás sea estrés. Aunque mi cuerpo solo quiere dormir, me hago la valiente y continúo con mis obligaciones.

Los días pasan y los malestares persisten, sumándose más síntomas. Vomito casi todas las mañanas y los mareos continúan. Decido que es hora de ir al médico y llamo a mi jefe para informarle que no podré presentarme al trabajo. Necesito quedarme en cama, mi cara está demacrada.

En la tarde, mi querida Sole me llama y empezamos a conversar sobre sus estudios. Ella está muy contenta, su voz transmite pura alegría. Me pregunta cómo estoy y comienzo a contarle todo lo que he estado viviendo en la última semana. Me he sentido terrible y no le había prestado atención, pero ahora estoy evaluando ir al doctor. Sin embargo, sinceramente, la medicina me aterra.

En ese momento, mi Sole me interrumpe:

—¡SUSANITA… CUÁNDO FUE TU ÚLTIMO PERIODO!

PLOP. Comienzo a pensar y me doy cuenta de que la regla no me ha llegado…

—¡Sole, no recuerdo cuándo fue la última vez que me llegó la regla, qué hago!

—Susanita, debes hacerte una prueba. No vaya a ser que…

—NOOO… cómo puede ser eso.

Mi mente da vueltas a mil por hora. Solo pensar que pueda ser algo así que no quiero pronunciar, me mareo aún más. Nos despedimos y prometo hacer lo que me dijo. Necesito hablar con Andrés. Él debe ayudarme en todo, si es que pasa algo así. Nos despedimos con mucho amor y prometemos hablar mañana.

—Susanita, si no me llamas, yo te llamaré en la noche para que me cuentes. Te amo, bye.
—Yo también te amo… —Cuelgo y llamo a Andrés. El teléfono suena dos veces y él contesta.
—Hola, ¿cómo estás?
—Bien, ¿y tú?
—Bien, aquí.
Mientras comienzo a contarle todo, no necesito mirarle la cara, sé que su rostro queda en shock y me dice:
—¡Voy por ti! Así que me abrigo para salir a dar una vuelta con él y conversar. A los pocos minutos, llega a mi casa y me dice:
—Sube a la moto y vamos a la farmacia a comprar una prueba.
—Shuuuu… ¿tan rápido todo? Mejor te explico bien.
—Tienes todos los síntomas de una embarazada. No hay nada más que hablar.
Lo miro y me subo a la moto. Extrañaba tenerlo cerca, estábamos super distanciados. En nuestro pololeo nunca nos aceptamos como éramos. Sabía que era un buen hombre, algo tontorrón, pero de alma pura. Pero ya lo habíamos intentado de todas las formas y no había resultado, el me enamoro, fue mi primer hombre, con el me entregue completa al amor y hoy cada uno por su lado y solo nos une mi malestar. Llegamos a la farmacia compramos la prueba y nos vamos rápidamente a la casa. Entro al baño sola, mientras Andrés me espera afuera. Me miro al espejo y mis ojos expresan terror. Tengo tanto miedo de lo que pueda descubrir en diez minutos más. Abro el sobre, veo las instrucciones y me hago el test. Una vez terminado, lo dejo arriba del lavamanos y me siento en el inodoro a esperar. Comienzo a rezar. Mi corazón late acelerado. Tengo esperanzas de que salga negativo y poder volver a respirar. Los minutos se hacen eternos. No puedo esperar más.

Mis pensamientos están en mi contra y el futuro no se ve prometedor en este escenario.

Pasan los diez minutos y me pongo de pie para revisar la prueba. De repente, la miro... en ese instante mi cuerpo se congela, mis oídos se tapan, hay un silencio absoluto. No puedo hablar, incluso me mareo. Andrés toca la puerta, me saca del congelamiento y abro despacio. Él entra discretamente y cerramos. Se acerca a la prueba y nos quedamos mirándo. Se agarra la cabeza. La verdad es que el test ha dado positivo. No sé qué hacer y lloro. Lo culpo. Siento que el mundo se me viene encima, que todo ha acabado para mí. Me siento incapaz, una vez más discutimos y él se va a su casa. Yo me voy a la cama. Aún no puedo creer lo que pasa. Me cuesta resignarme a que estoy embarazada. Mis miedos están a flor de piel. Es muy difícil lo que estoy viviendo y lloro hasta quedarme dormida...

A la mañana siguiente, me levanto temprano y voy a un centro médico. Necesito hacerme un examen de sangre para corroborar el test. Vuelvo al trabajo como si nada. Mi cabeza piensa muchas cosas. Tengo miedo, pero debo esperar cinco días para tener los resultados.

Como de costumbre, al final de mi día laboral, Sole me llama. No puedo ocultarle lo que me pasa. Sé que el secreto quedó entre Andrés y yo, pero ella es mi alma gemela y no puedo esconder lo que ocurre. Preocupada, me dice:

—¿Qué te pasa, Susanita? ¿Por qué no me llamaste? ¿Estás bien?

—No, amiga, me siento fatal —respondo con voz quebrada.

—Pero Susanita, ¿qué pasa? Sabes que puedes confiar en mí.

—Amiga mía, al parecer estoy embarazada...

Quedamos en silencio. Sé que ha quedado helada. Intenta consolarme y me recalca que no estoy sola, que me apoyará en cualquier decisión que tome. Siento que el mundo está encima de mí.

—Susanita, no tengas miedo. Estoy aquí, siempre junto a ti... —dice Sole, tratando de reconfortarme.

—Lo sé, amiga. Eres tan especial en mi vida que solo quiero abrazarte. Ya me hice los exámenes de sangre y debo esperar unos días para tener los resultados.

—Susanita, por favor, cuando tengas los resultados de los exámenes, llámame inmediatamente. Prométemelo...

—Te lo prometo, mi Sole. Te amo y gracias por tu apoyo incondicional.

—Siempre estaremos juntas, Susanita. Somos amigas y debemos apoyarnos en todo...

Conversamos un rato más y me dice que nos veamos el fin de semana. Quedamos en encontrarnos con los demás. Será agradable verlos. Necesito reencontrarme con mis amigos, más aún en estos momentos decisivos. Le prometo que iré y nos ponemos de acuerdo para ir a un pub en Santiago Centro, cerca del Metro Santa Lucía. Será una gran noche para distraernos y empaparme del amor de mis amigos.

Finalmente, llego a mi habitación, me tiro sobre la cama y pienso en todo lo que me espera. Pienso en mi futuro, en qué pasará si estoy embarazada, qué dirá mi familia, si me juzgarán o me perdonarán. Tengo tanto miedo. Me toco el vientre sin saber si está bien. Ser mamá es una responsabilidad demasiado grande para mí, y solo tengo diecinueve años. Pero también fui irresponsable al no tener experiencia sexual. Andrés ha sido mi primer hombre y con Fabito nunca tuvimos nada. Estoy confundida y no sé qué pasará si me confirman que estoy embarazada...

Llega el día del encuentro. Me bajo en la estación de metro Santa Lucía y espero a mis amigos. Mi cabeza sigue dando vueltas a todo. Solo quiero distraerme. De repente, me gritan desde el otro lado de la Alameda:

—¡Susanita!

VIVE LA VIDA ÑIÑA

Miro y ahí vienen los chicos. El Carita corre a buscarme, me abraza. Siento tanta adrenalina que me mareo un poco, pero disimulo para que nadie lo note. Luego me abraza mi Sole. Es un abrazo tan fuerte, parece que quiere transmitirme protección y tranquilidad. Me besa y me regala una sonrisa. Todos están tan lindos. Hace mucho tiempo que no los veo. Me siento yo nuevamente. Verlos es una fuente de energía para mi vida. Vamos a celebrar juntos. Saludo a José, mi bello Benji. Un poco más allá está mi vergonzoso Basti. Lo abrazo con cariño y me presenta a unos amigos de la universidad de Sole. Me acerco a saludarlos y la chica me dice:

—Hola, soy Romineisha, amiga de Sole.

La miro, le sonrió y me presento, nos saludamos, de vista me cayo super bien, tiene un estilo para vestirse, se ve muy tela, buena onda. Comenzamos a caminar, todos en patota, y mi Sole me agarra del brazo como abuelitas. Nos corremos un poco y nos ponemos a conversar, mientras vamos al pub. Me mira y me dice al oído:

—¡Ñiña, cuando me abrazaste, sentí que me abrazaban dos personitas a la vez!

Yo la miro... Quedo helada.

—¡Ñiña, no leseeeeess! —le respondo.

Nos miramos y nos matamos de la risa.

Llegamos al pub y pasamos a comprar antes de entrar, queremos hacer la previa, así que decidimos quedarnos un rato en la plaza de enfrente. Conversamos, nos ponemos al día. Sole me mira a cada instante como tratando de decirme algo. Yo solo la observo y pienso en todo lo que hemos pasado juntas y en lo que vendrá más adelante. En eso, el Carita dice:

—¡Entremos al antro!

Es la hora, nos paramos y juntos caminamos al famoso lugar. Al llegar, la música que suena es reguetón, no es nuestra especialidad, pero tampoco es tan malo. Romineisha, me agarra de la mano y me saca a bailar, esta chica es a todo dar, al rato todos en la pista, brindando, felices. Yo vibro, vuelvo a brillar, vuelvo hacer yo, toda suelta y loca disfrutando el momento, amo esto, deseo que no termine jamás.

Al rato paramos, mi Ñiña se ha accidentado. Entre tanto baile, le pisaron el pie y estaba resentido, así que nos fuimos a sentar. Después de varias cervezas y brindis, siento la necesidad de contarles lo que estoy viviendo, así que me desbordo en emoción y les cuento sobre mi situación. Todos me quedan mirando un poco helados. Realmente no se imaginaban eso. De repente, se me cae una lágrima y todos llegan a mí y me abrazan. Cierro mis ojos y me siento más apoyada que nunca. Tengo tanto miedo, solo necesito comprensión y nada más... Miro a mi Sole y ella, con lágrimas en los ojos, me abraza y me dice:

—No te preocupes, Susanita, siempre estaré a tu lado y nunca te soltaré.

Mis ojos no dan más de emoción y con una voz quebrantada los miro a todos y les digo

—Todos ustedes son importantes en mi vida y no quiero perderlos por nada del mundo...

En ese momento, Carita se levanta y dice:

—Quiero conocer a tu hijo y no hagas nada que pueda poner en peligro nuestra amistad...

Lo miro y abrazo fuerte. Ya no estoy sola, los tengo a todos. Mi corazón rebosa de felicidad. Brindamos prometiendo estar juntos en las buenas y las malas. Siento que mi corazón late con más fuerza y valentía. Si el resultado de mi examen da positivo, lo aceptaré con alegría. Ellos me han dado el aliento y el impulso que necesito para sentirme bien.

La fiesta termina y nos dirigimos a casa de Sole. Tomamos un taxi y al llegar, no puedo creer lo que veo. Andrés está esperándome afuera de la casa de mi Ñiña en su moto. Todos nos quedamos mirando. Me pregunto cómo supo que estaría allí. Nos bajamos y me acerco a saludarlo, me mira serio y me indica que me ira a dejar a la casa, sin más preámbulo accedo de inmediato y disimulo mi asombro. Abrazo a Sole y ella me susurra al oído:

—No te vayas si no quieres, Susanita. Puedes quedarte en mi casa.

—Debo hablar con él, debo enfrentar todo y conversar.

Ella me abraza fuerte y me dice:

—Te quiero mucho, no lo olvides.

—¡Yo te quiero más! —le doy un beso y me despido de todos mis amigos.

Todo está en silencio. Él no dice nada durante el trayecto. Llegamos a mi casa, bajo para hablar y me dice:

—Necesito cuidarte hasta saber si llevas a mi hijo en tu vientre. Después de eso, si el resultado es negativo, nuestra relación terminará. —Se despide.

Lo miro mientras se aleja en su moto sin mirar atrás y vuelvo a sentirme mal. Esta sensación de olvido, de vacío que me deja la gente cuando se va, es demasiado fuerte. A veces deseo correr hacia él y que me ayude a superar esta tristeza que llevo años cargando. También sé que no es su culpa, pero necesito volver a estar completa conmigo misma para luchar. Acaricio mi vientre y me voy a dormir.

Ha llegado el día esperado, hoy sabré si seré madre. Mi vientre se tensa. Me levanto temprano para ir a trabajar y llamo a Andrés para coordinar que recoja los resultados y luego pase por mí para verlos juntos. Llego a la oficina y voy directo al baño. El olor y la sensación de viajar en el transporte público me dan ganas de vomitar. Esta sensación es insoportable. Mis compañeros se burlan de mi aspecto y yo, por dentro, estoy llena de emociones. Conoceré la verdad y eso dificulta mi concentración. Me siento más embarazada que nunca.

En la tarde, el reloj marca la hora de salida y me despido rápido. Sé que Andrés estará esperándome afuera. Salgo y ahí está, elegante, con un sobre blanco. Camino hacia él y mi corazón late fuerte. Lo saludo y le pido de inmediato los resultados. Cuando comienzo a abrirlo, mi corazón está a punto de estallar. Intento leer, pero no entiendo. No sé qué significan todos esos números y Andrés me lo quita para poder interpretarlo. Él tampoco entiende. Se nos ocurre ir a la farmacia para que un farmacéutico lo revise. Subimos a la moto y nos dirigimos a buscar una. Afortunadamente, cerca de mi trabajo hay un supermercado con una adentro. Preguntamos y nos indican dónde encontrar al farmacéutico. Nos dice que esperemos unos segundos. En ese momento, los minutos se convierten en horas. Mi paciencia está agotada. Finalmente, el hombre nos saluda y le pedimos amablemente que nos ayude a interpretar los resultados. Él responde:

—No hay problema.

Abre el sobre y comienza a leer y analizar. Cuando levanta la mirada, nos dice:

—¡Felicitaciones… tienes cuatro semanas de embarazo!

Mi corazón se detiene. Me quedo en blanco. Un pitido en los oídos y todo se mueve en cámara lenta. Ya no escucho lo que hablan. Quedo paralizada. Siento que una gran mochila cae sobre mis hombros. Es un momento muy difícil de describir. Miro a Andrés, comienzo a llorar. Siento que he fallado a todos. Siento que nada será igual. Regreso a casa y me acuesto. Esa noche no quise hablar con nadie, solo dormir y no despertar.

Mi primer día sabiendo que alguien crece en mi vientre. Todo es extraño. Mis emociones se contradicen constantemente. Debo comenzar de nuevo y ser fuerte. Decido llamar a Sole. Necesito sus palabras de consuelo, tenerla cerca y contarle todo. Ella me dedica tiempo y palabras reconfortantes.

—Susanita, no importa, porque yo te apoyaré. No te dejaré sola.

Las palabras de Sole me alegran, pero mi alma sigue llena de angustia y tristeza. Sé que debo contarle a mi mamá y eso me da más miedo. No sé cómo reaccionará, pero Sole me asegura que ella estará a mi lado pase lo que pase. Nos despedimos con mucho amor y acordamos hablar al día siguiente. Cuelgo el teléfono y me quedo pensando. Debo prepararme para contarle todo a mis padres, pero no sé cuándo será el momento adecuado. Me siento cobarde, sin valentía para afrontar esto sola. Necesito la ayuda de alguien que esté presente y apoye a mi mamá cuando revele la verdad. Entonces, recuerdo a tía Dey, la vecina y amiga de mi madre. Es como de la familia, siempre ha estado con nosotros, podría decir casi toda mi infancia. Así que decido hablar con ella para que me ayude a contar mi verdad.

Pasan los días y Andrés y yo nos acercamos cada vez más. Sé que lo hace por compromiso, pero debemos enfrentar juntos todo lo que está sucediendo. Llega el sábado y llamo a tía Dey para que venga a mi casa y me ayude. Mi mamá está cocinando y yo doy vueltas por el pasillo, preparándome para iniciar la conversación. En ese momento, la tía me hace una señal para que empiece. Mi boca se seca, apenas tengo saliva, mis manos tiemblan y siento un gran miedo al rechazo.

—¡Mamá, necesito hablar contigo! —digo de repente.

Ella se da vuelta a mirarme y me dice.

—¿Por qué tienes esa cara?

La miro y no aguanto más, me pongo a llorar, ella me mira sin entender y le digo:

—¡Mamá, estoy embarazada!

Un silencio absoluta, mi tía Dey agarra a mi mamá y comienza a llorar. Intento encontrar las mejores palabras para explicarle, pero la situación empeora cada vez más. Lo toma muy mal y, en su rabia, ya no quiere saber nada de mí. La tía Dey la consuela mientras yo me retiro a mi habitación. Siento que caigo en un abismo, me recuesto en mi cama, bloqueada. En ese momento, alguien abre la puerta y mi hermano pequeño me abraza y me dice al oído...

—No estás sola, yo estaré contigo y te cuidaré.

El más pequeñito de todos tiene más empatía conmigo. Lo abrazo fuerte, agradeciéndole su apoyo. Mis lágrimas recorren mis mejillas, llena de dolor. Es un momento muy triste para mi vida. Me despido de él y echo algo de ropa en una mochila y me voy a donde Andrés todo ese fin de semana. Necesito olvidar...

Comienza una nueva semana y ya todos saben la verdad, solo falta mi papá. Pero el apoyo incondicional de mi hermano me da fuerzas para seguir. Sole me llama todos los días para saber cómo va mi embarazo. Ella es la más entusiasmada de todos, quiere ser la madrina, quiere acompañarme a las ecografías, al consultorio. Está chocha, me anima para sentirme bien con todo lo que está pasando. La relación con Andrés fluye de mejor forma, poco a poco nos estamos reencontrando para hacer algo lindo por el bebé que viene en camino. La relación con mi mamá y mi hermana es compleja, ellas siguen dolidas por mi irresponsabilidad, las entiendo, solo espero que el tiempo cure todo. Mis amigas comienzan a volver, Tania se contacta para felicitarme por mi embarazo, está ansiosa por verme con guatita. Me anima para que me sienta bien con todo lo que está pasando.

Llega el invierno y mi pancita se está asomando. Decido contarle a mi papá lo que estoy viviendo, le pido a Camilo que me acompañe. Tenemos esa conversación y es todo en calma. Mi papá toma bien la noticia. Me deja tranquila saber que no he decepcionado a todos. Estoy calmada sabiendo que está conforme con lo que he logrado. Pensé que vendría algo fuerte, pero resulta que todo fluye de buena forma. Se emociona y me dice que me cuide para que el bebé nazca sano. Nos quedamos a tomar once, le cuento de mis avances y todo sale mejor de lo que esperaba.

El embarazo ha sido lleno de vómitos y mareos. Me cuesta estabilizarme, debo sacrificarme y hacer todo el esfuerzo posible. Necesito generar dinero, para comprarle las cositas a mi bebe. Durante la semana, Katy, mi ex compañera de trabajo, me llama. Es grato saber de ella. Aprovecho y le cuento mi situación. Lo toma con mucha sorpresa, se emociona y la escucho llorar. No entiendo por qué es tanta su emoción, pero después me conto que no la estaba pasando muy bien, la trate de calmar y le ofrezco mi apoyo. Necesitaba salir un tiempo donde sus Padres y que mejor que lo pudiera hacer conmigo. Se calma y me agradece la ayuda. En realidad, solo quiero que esté bien.

Las noches ahora son más entretenidas, ya no estoy sola, tengo una compañera junto a mí. Ella, al igual que Sole, me da ánimos de seguir. Sabe que me da miedo todo, pero me pide que luche por mi hijo, que por nada del mundo dude que debe estar en mi vida. Intuye mis dudas. Creo que cuando no tienes el apoyo suficiente, a veces dudas si seguir. Sé que suena egoísta de mi parte decirlo, pero me gusta hablar los temas como son. En eso Katy saca un libro donde habla del nacimiento de los hijos, del aborto, busca un párrafo y me lee. Mientras lo hace, nuestros ojos se inundan de emoción. Allí, se relatan los sentimientos de un niño antes de nacer, de lo mucho que ama a su madre antes de conocerla. Nuestras mejillas se mojan y cuando termina, me abraza llorando y me dice que siempre estará para mí. Es un momento único y un pilar para seguir adelante.

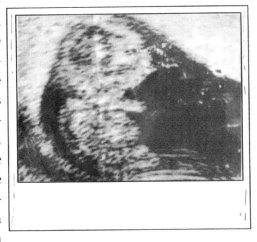

Durante mi embarazo comienza a aparecer gente en mi vida para apoyarme en este proceso. Mi tío Iván, en realidad el tío de mi amiga Tania, me considera como una sobrina más. Recuerdo que en los tiempos complejos de mi vida sin mi papá, me llevaba al mall a comprarme ropa, con la excusa de que él se compraría algo. Hoy lo tengo a mi lado una vez más, apoyándome en otra etapa de mi vida. Tania comienza a visitarme más seguido, trae regalitos para mi bebé, aunque aún no sabemos qué será, pero estoy chocha. Tanto que jugábamos a las muñecas cuando chicas y ahora ella tiene su muñeco propio llamado Matías y yo voy por el mío. Sé que siempre contaré con su apoyo incondicional.

Pasan los meses y ya tengo cuatro meses de embarazo y en la ecografía que me hacen, sale todo clarito. Mi bebé ya está completo, hasta se le ven sus deditos, me da emoción como va creciendo en mi pancita. Eso me deja más tranquila. Con Andrés seguimos en una relación abierta, con altos y bajos. La verdad es que él quiere estar más cerca, pero soy yo la que lo alejo. Me produce rechazo, quizás es el embarazo que me tiene algo distante con él. Lo bueno es que entiende que me siento mal y sigue ahí, pendiente de la evolución de todo.

Llega el invierno y con él los fríos, se viene el cumpleaños de mi querido Basti. Me llama para contarme que lo celebrará. ¡Guau! Nuevo encuentro con los chicos. Mi amiga Katy se anima a ir también, así que nos volveremos a encontrar. Llevo tres meses sin verlos, ¡qué emoción! Nos arreglamos, mi panza crece y los pantalones no me quedan, así que aplico mi prenda favorita las falditas y nos vamos. Voy tan ansiosa, me da ilusión reencontrarme. Vamos llegando y todos están en el patio. Apenas los identifico, corro a abrazarlos. Uuu… felicidad total, hay mucho amor por todos lados. Está la mamá de Basti, tan amorosa como siempre, ofreciéndonos de todo para comer. Me tocan la guatita. No estoy tan acostumbrada al regaloneo, pero con ellos me dejo. Estoy tan feliz de verlos, en especial a mi Sole y mi gordito Leyton. Cuando comencé a pololear con Andrés, él se alejó de mí en realidad. Siempre sentí que le caía mal, pero ahora estamos retomando nuestra amistad. Carita cada vez se ve más enamorado de mi Sole. Los visualizo juntos por la eternidad. En realidad, los dos se hacen bien y se complementan de una manera muy linda. Basti al fin saca su personalidad y esta noche lo veo muy cerca de Katy. Con Sole copuchamos y no entendemos nada. Comienza la coquetería por parte de él y no estamos acostumbradas a verlo en esa faceta. Me encanta, esta tan canchero. Como siempre, todo fluye esta noche, los reencuentros son fenomenales, disfrutamos de la velada y de la hermosa compañía.

Pasan los días y no puedo seguir trabajando. Es horrible estar embarazada, mi estómago no se afirma y tomar la micro me produce ganas de vomitar. Sin más preámbulo, no aguanto más y renuncio. Presento la carta y mi compañero queda sorprendido. En ese momento cuento mi verdad. Nadie se ha dado cuenta de mi embarazo, así que pido las disculpas correspondientes. Dejo todo ordenado y me marcho. Nunca pensé, ni se me pasó por la cabeza, que estaba renunciando a todos mis derechos, pero en ese momento solo quería ser libre y sentirme bien.

Pasa el primer mes sin sueldo y no lo puedo creer. A Andrés cada vez le va peor, no encuentra trabajo estable y yo no estoy en condiciones para salir a buscar uno. En eso comienzo a recurrir a mis collares artesanales que hago con mostacillas. Todo suma para comer. La relación con mi mamá de a poco se va normalizado y con mi hermana de a poco nos vamos acercando. Mi hermano Camilo, fiel a mí, siempre con sus agüitas de manzanilla o tecitos calientes para calmar mis dolores. Siendo tan pequeño, me cuida, por eso lo amo tanto.

Suena el teléfono y para mi sorpresa es don Rodrigo. Que agrado saber de él, conversamos de todo y aprovecho para contarle lo que me está pasando. Su voz algo quebrada y preocupada, me dice:

—¿Estás bien?

Le digo.

—Han sido meses difíciles, pero estoy saliendo adelante. En eso me responde.

—Susana, quiero conocer a tu bebé. Lucha y sigue adelante con todo, el mejor regalo que tendrás en la vida es ese hijo que llevas en tu vientre que te hará inmensamente feliz.

Esas palabras calan hondo en mi corazón. Al estar embarazada, lloro por todo y no aguanto la emoción. Le respondo que sí, que lucharé por mi bebé y que lo sacaré adelante, conversamos un rato más y luego nos despedimos con mucho cariño, En realidad lo estimaba por ser tan humilde y generoso, me encantaba tener seres así en mi vida y él era uno de ellos.

Pasan las semanas y es increíble como va creciendo mi pancita, ya tengo cinco meses y medio de embarazo, la Ñiña me viene a ver. Está preocupada porque yo aún no siento las típicas pataditas que te dan los bebes. Llega con Carita, tomamos once y al rato él se marcha. Sole se queda conmigo a dormir.

Nos vamos a la habitación y nos recostamos, mientras que ella saca una crema y me embetuna la guatita, me la deja blanca. En eso, comienza a masajear y acariciar mi pancita, dedicándole palabras a mi bebe. Realmente, no estoy muy acostumbrada a eso, pero ella quería motivarlo para que yo lo sintiera, después de unas cuantas palabras de amor, por primera vez, mi bebé se mueve y da una patadita a Sole. Sorprendida por el hecho, le digo:

—Sole, es la primera vez que siento a mi bebé...

—Hola, ¿hay alguien ahí? Yo soy tu tía Sole y te estamos esperando.

En eso da otra patadita y comienza a moverse. Ya nadie lo para. Con Sole nos emocionamos. Es un momento mágico. Quedamos heladas. Mi bebé empieza a moverse. Creo que las palabras dulces de Sole lo incentivan a hacerse notar. Esa noche conversamos mucho sobre la vida, los proyectos... Amaba estar con Sole.

En la semana nuevamente me llama don Rodrigo me cita en su empresa porque quiere ofrecerme un proyecto. Sé que me quiere ayudar de alguna forma. Llevo dos meses sin trabajo y mis collares ayudan, pero muy poco, así que asisto a la reunión. Llego a la empresa y todos me saludan. Aún me recuerdan. Voy a la oficina de don Rodrigo y nos sentamos a conversar. Su proyecto es netamente para ayudarme y me ofrece habilitar un espacio en mi casa para dedicarme a depilar con cera. Quedo sorprendida. Nunca me hubiera imaginado un proyecto así, pero se ve entretenido. Es mi primera vez ejerciendo este oficio. Don

Rodrigo me ofrece este negocio para generar ingresos para mi hijo. Lo miro emocionada, es tan buena persona, espero devolverle la ayuda en algún momento. Veo que es una gran oportunidad de trabajo sin despegarme de mi bebé. Estoy muy vulnerable y esto es un megaproyecto para mí.

Comienza la construcción del espacio para depilar. Estoy muy ilusionada y agradecida de don Rodrigo por su apoyo incondicional. Llega la camilla y la maquina con los insumos para mi pequeño local, todo es morado en su interior, quiero darle ese toque estiloso, para cuando vengan mis clientas, se sientan cómoda y les guste el espacio donde depilare.

A las semanas estamos listo con todo. Sole me anima a hacer la inauguración de mi local de depilación. Así me hago publicidad y bendigo con la gente que quiero el lugar. Al fin estoy volviendo a renacer.

Llega el día de la inauguración. Lamentablemente, don Rodrigo no puede asistir, pero todo esto es gracias a su bondad, a su solidaridad. Desde que me conoce, capta en mí a alguien de esfuerzo. Nunca olvidaré esta gran ayuda que ha hecho para que salgamos adelante con mi hijo. Pagaré peso a peso toda esta inversión y le demostraré que gracias a él salí adelante.

Comienzan a llegar los invitados. Estoy de punta en blanco para recibir a todos. Ahí está Sole, se ve hermosa. Anda todo mi grupo de amigos de la Okupa, mi familia y mis amigos de la infancia. Mondy va de pololo. Se ve tan contento y cuando me ve, me abraza de felicidad. Sabe por todo lo que estoy pasando. Nuestra amistad también comienza de niños. Jugamos a la pinta, a la escondida, y hoy está junto a mí celebrando mi pancita y mi nuevo negocio.

Esta noche me reencuentro con toda la gente linda que quiero. Por fin me siento feliz. De repente, me abrazan por detrás y me giro. Es mi primo Esteban. Uuu. Felicidad total. Lo abrazo con mucho amor. Es especial en mi corazón. De repente, me agarran el brazo y es mi prima Nadia, llena de euforia y felicidad, gritando como loca, nos abrazamos fuertemente. En eso entra Rolito con su polola Dayana. Me agrada verlo. Debo decir que quiero a todos mis primos, pero Rolito es especial. Después de leer esto, me reclamarán, pero con él somos iguales. Solo nos diferenciamos en que es hombre y yo mujer, pero nuestros pensamientos y formas de ser son demasiado parecidas, que a veces me asombra. En eso se viene mi primo Juan Carlos. Llega con su picardía y sacando sonrisas por todas partes. Es un loquillo fenomenal, ¡uuu lo quiero tanto! Amo estar en familia. Visualizo a mi tía Vero y me abraza con tanto amor, siempre con bellas palabras para mí. Bailamos, reímos, brindamos. Con mis amigos de la Okupa cantamos. En eso, Carita, Sole y José se acercan, me abrazan y prometen que nunca me dejarán sola. Nos llenamos de besos y nos ponemos a cantar más fuerte. Siguen llegando invitados, todos traen su cooperación para animar la fiesta.

Al rato, salimos al patio y el Koala anda con una cámara fotográfica. Aprovechamos el momento con Sole para que nos saque una foto juntas. No tenemos ninguna. Después de eso, hacemos muchas más. Queremos dejar esa noche congelada. Es una noche mágica y pienso en don Rodrigo por su hermoso corazón. Por sacarme del hoyo y ayudarme a levantar este espacio que me dará frutos.

Después de la celebración, que fue muy emotiva y me recargo de energía positiva, abrí mi local y de a poco se fueron pasando el dato, con mi bebe en la pancita hacemos la pega a diario y generamos dinero para vivir, todo fluye en mí.

Llega el 21 de agosto, fecha en la cual hace un año atrás nos conocimos con Sole, tomo el teléfono y la llamo, es un día muy especial.

—Hola, mi Ñiña hermosa.
—Hola, Susanita, ¿cómo estás?
—Bien, mi Sole, te llamo para festejar contigo nuestro primer aniversario de amigas...

Se queda en silencio durante un momento.

—SUSANITA! Te acordaste del día que nos conocimos...

Mi Sole se emociona al ver que tengo presente nuestro aniversario, se pone contenta, me dice que su vida ha cambiado, que hoy puede decir que tiene amigos de verdad y que me quiere mucho. En realidad, el amor que nos tenemos con Sole es muy lindo, imagínate, nunca hemos tenido problemas, solo nos apoyamos y nos queremos al ciento por ciento.

—Te amo, mi Ñiña, soy feliz de tener tu amistad y quiero estar contigo toda la vida...

Yo, con emoción, le respondo y le digo lo importante que se ha convertido en mi vida y que deseaba que siempre estuviéramos juntas. Cerramos la conversación con un eres especial para mi corazón...

Llega septiembre, amo este mes. Se acerca el cumpleaños de mi Sole, el de mi hermano y las fiestas patrias. Siento que es el mes en que la gente anda más contenta. Con Andrés estamos más cerca, así que disfrutamos más el embarazo. Mi mamá, gracias a Dios, ha estado curando su corazón. Aún sigue dolida por lo que hice, pero sé que al final de todo me quiere igual y cuando nazca mi hijo tendrá que usar un babero XXL por lo babosa que estará con él.

Las semanas pasan volando y mi panza sigue creciendo, parezco una pelota. He subido mucho de peso. Hoy es el cumpleaños de mi Sole y debo ir a visitarla. Es día de semana, así que pretendo tomar once con mi amiga. La ropa ya casi no me cabe, esto es terrible. Termino de arreglarme y me voy a verla. Como siempre, un hermoso recibimiento de todos en esa casa. La tía me abraza con tanto amor, una hermosa madre para mi Sole. Mi bella aún no ha llegado de la universidad, así que me pongo a conversar con la Jodie. Me da miles de consejos para adelgazar, sobre las estrías, etc. Yo, por mi parte, la ayudo a limpiar su máquina depiladora.

Al rato llega mi querido Carita y detrás entra mi Sole. La miro y la veo tan radiante, tan feliz. La abrazo fuerte deseándole miles de cumpleaños más juntas y le entrego un parche de la banda Bom Bom Kid, igual al mío. Le pido disculpas por lo poco, en realidad Sole se merece un regalo inmenso de mi parte, porque ha sido muy buena conmigo. Pero mi situación económica no me da para regalonearla como me hubiera gustado. Pero sé que la amo con todo mi corazón... Ella como siempre, recibe feliz mi obsequio y nos dedicamos a disfrutar y compartir la tarde con ella y los tíos.

Al otro día es el cumpleaños de mi hermano Camilo, con mi mamá le preparamos una oncecita, le cantamos el cumpleaños y disfrutamos de una tarde juntos. Ya son quince años, cómo pasa el tiempo, se está convirtiendo en todo un hombre y no hace nada que lo mudaba y le daba su papa, para mí es un hijo más, es hermosa nuestra unión.

Fin de septiembre, llega el momento de la verdad, sabré cuál es el sexo de mi bebé. Mi ser me dice que es un hombrecito. Ya estoy en la sala, mi cabeza imagina tantas cosas. Siento que ese bebé será mi motor en la vida. Cuando de repente, por alta voz dicen mi nombre... Uuu, me pongo nerviosa, me paro y entro a la sala. Me aplican un gel helado en la panza y comienzan a buscar. Escucho sus latidos, ¡qué conexión más maravillosa! Estoy atenta al monitor, quiero conocerlo más, quiero saber qué va a hacer. Siento que lo amo con todas mis fuerzas. En eso, el doctor me dice:

—¡FELICIDADES, ES UN NIÑO!

Mi corazón se llena de felicidad. Sé que me ayudará a sanar, a olvidar y volver a comenzar. Mis lágrimas flotan por mis mejillas, me imagino corriendo junto a él, que lo tomo en brazos y nunca lo suelto, miro al cielo y le prometo a Dios que haré lo imposible por ser la mejor mamá para este gran regalo que me envió. Todo ha cambiado en mí, cada vez me aferro más a mi bebé, él será la luz. Andrés está junto a mí, emocionado, feliz. Nos ha costado tanto todo, pero nuevamente estamos juntos para darle una vida a nuestro hijo.

Vamos en la micro, imaginándonos todo y debo pensar pronto en un nombre, ponerme de acuerdo con Andrés, ufff, empezamos a ver diferentes nombres y sus significados. Yo sugiero ponerle Jeusef, me gusta porque es poco común, pero él es súper imaginativo y quiere ponerle Andrés, lo miro riendo y digo:

—Te has lucido pensando en el nombre, parece.

Se ríe.

—Es un hermoso nombre, además debe llamarse como su padre —me habla con cara entre riendo y enojado.

—¡Qué fomeeeeeee!

Al final llegamos a un empate y se llamará Jeusef Andrés. Desde ese día empezamos a llamar a nuestro hijo así.

Llega octubre y con ello mi cumpleaños. Mi Sole con Carita vienen a saludarme, me traen varias cositas para Jeusef y me regalan ropa para mi embarazo. Cada vez estoy más gordita y tengo menos ropa para ponerme. Jeusef me está haciendo comer demasiado. Al rato me llama mi primo Rolando con euforia y me dice:

— ¡Feliz cumpleaños, prima querida!

—¡Guauuuuuuuu!, lindo, gracias por acordarte.

—¿Cómo está el bebé? ¿Cómo te has sentido?

Ahí nos quedamos hablando de todo y de mi progreso en el embarazo, al rato nos despedimos y agradezco su llamado. Mi teléfono suena y suena, que emoción cuando estoy de cumpleaños, me siento tan querida, nadie se olvida de mí y hacen de mi día algo maravilloso. Se ha hecho tarde y mis amigos se marchan, me ha alegrado su visita. Salimos al patio cuando de repente viene un gordito parecido a Winnie de Pooh, es Leyton, mi querido amigo. Lo abrazo feliz, pensaba que se había olvidado de mí. Es de poco abrazo, algo frío, pero yo lo envuelvo en mi cariño, sé que le gusta aunque no lo admita. Partimos juntos al paradero a dejar a los chicos, nos despedimos y toman la micro mientras vamos caminando. Andrés llega del trabajo, así que preparamos once y tomamos juntitos. Es mi primer cumpleaños doble, en mi vientre crece el amor de mi vida, disfrutamos de la noche y concluimos mi cumpleaños. Agradezco los mensajes de texto, llamados, visitas. Tengo muchos amigos que me quieren de verdad, los de la infancia nunca se olvidan de mí. Pero mi regalón siempre ha sido Mondy, él cada año me escribe una carta recordando lo mucho que me quiere. Agradezco esos cariños tan reales, tan limpios. Me emociona saber que me quieren. Me da nostalgia recordar a mi grupo de amigos de la okupa, en el fondo me duele un poco no saber de ellos, pero también debo entender que cada uno ha armado una vida y todos estamos ocupados en tantas cosas. Pero sé que en el fondo nuestra amistad quedará marcada en nuestro corazón.

Van pasando las semanas y cada vez queda menos para el encuentro con el amor de mi vida. En la semana voy a buscar a mi amigo Leyton y me acompaña a la municipalidad de Lo Prado. Necesito hacer algún curso adicional de belleza para fortalecer mi centro de depilación. Debo generar más ingresos y prepararme para lo que viene. A mi hijo no puede faltarle nada. Paso a recogerlo y me mira, ríe. Lo saludo y sigue burlándose. Ahora somos dos Susanas caminando, no solo una. Estoy en una etapa avanzada del embarazo y a veces lo tomo con humor, otras me angustia. Pero Leyton siempre logra sacarme una sonrisa. Disfruto de su compañía. Cuando llegamos a la municipalidad, nos informan que los cursos están suspendidos. Qué decepción, otro viaje en vano. Aprovecho de invitarlo almorzar, así pasaríamos toda la tarde juntos, debíamos ponernos al día con todo.

A un mes de la llegada de mi bebe y comienzo a sentir cierto temor por lo que está por venir. Mi amiga Sole me tranquiliza. Viene a visitarme junto a Carita y cada mes aumento de peso. Mi niña me dice que después todo volverá a la normalidad. Ambas anhelamos conocer a Jeusef.

Mis días son extremos, las contracciones están a diario, me toco la panza y solo le digo.

—Cuando te vea por primera vez, te abrazaré, llenaré tus mejillas de besos, te repetiré lo mucho que te amo y te pediré perdón por mi inmadurez.

En eso la Sole me mira, toca mi pancita y dice.

—Yo le diré lo maravillosa madre que serás y que siempre, siempre estaré junto a ti mi pequeño Jeusef.

Nos miramos y nos abrazamos. Me siento muy feliz de que ella, sin siquiera conocer a mi hijo, ya lo ame.

Llega diciembre y me estoy preparando física y emocionalmente. Sole me llama todo el día para asegurarse de que esté lista. Nos reímos porque Jeusef es un niño perezoso que no quiere salir, mi parto se retrasa una semana.

El 9 de diciembre, la tía Dey, la misma que me ayudó a contarle a mi mamá sobre mi embarazo, me lleva de paseo al centro comercial para que me distraiga. Dice que caminar ayuda a acelerar el parto. Regresamos alrededor de las tres de la tarde y no ocurre nada. Estoy muy cansada. Mi barriga pesa mucho y yo aún más. En la noche, Andrés me lleva a la feria navideña. La idea es que camine, así acelero el proceso, porque de lo contrario, tendrán que hacerme una cesárea y moriré de dolor debido a mi dramatismo. Llegamos a casa alrededor de la medianoche. Cuando entro, siento que me estoy haciendo pipí. Mi mamá no está, solo estamos Andrés, Camilo y yo. No entendemos por qué me estoy haciendo pis, pero pensamos que el peso de mi barriga ha causado eso. Me ducho, me pongo el pijama y decidimos dormir los tres juntos. Andrés y Camilo duermen en una colchoneta junto a mí, mientras yo tengo toda la cama. Mis dos hombres no quieren dejarme sola. Me siento amada.

En la madrugada, alrededor de las tres, comienzo a sentir un dolor intenso en la barriga. Me levanto con cuidado para no despertarlos y me dirijo a la cocina a preparar una agüita de hierbas. Enciendo la tetera y me siento en el sillón esperando a que hierva. Mientras espero, el dolor se vuelve más agudo. Me levanto con dificultad para apagar la tetera y me sirvo el té. Al sentarme nuevamente, ya no puedo levantarme más. Grito pidiendo ayuda a Andrés, pero no me escuchan, están profundamente dormidos. Después de un rato, la puerta se abre y llega mi mamá después de una hora de sufrimiento. Entre lágrimas, le pido ayuda y despierta a Andrés y a Camilo. Me abriga un poco más y me llevan al hospital.

Lloro desconsoladamente durante toda la mañana. El dolor es insoportable y no puedo resistir las contracciones. La enfermera muestra compasión hacia mí, pero no pueden hacer nada hasta que llegue la dilatación necesaria para dar a luz. Me explica que en la noche, se rompió la bolsa de agua. Me quedo sorprendida y horrorizada al escucharlo. Si no me lo hubiera explicado, seguiría pensando que me hice pipi. A pesar del dolor, se me escapa una sonrisa. Después de un tiempo, le pido a la enfermera que necesito hacer una llamada telefónica. Con dificultad, me lleva en una silla de ruedas, ya que apenas puedo caminar.

El dolor se intensifica cada vez más. Pasamos por la sala de espera y ahí están Andrés y Camilo, siempre fieles, siempre apoyándome y cuidándome. Me entristece verlos así. Estoy destrozada por el dolor, pero debo aguantar hasta que llegue el momento. No tenemos suficiente dinero para ir a una clínica, así que solo puedo esperar a que mi cuerpo decida dar a luz. Me acercan a un teléfono público y llamo a Sole. Necesito contarle lo que está sucediendo. Entre lágrimas, le digo que me duele mucho, que no aguanto el dolor, que siento que me voy a morir. Culpo a los médicos, diciéndole que se niegan a darme anestesia. Ella me responde:

—No te preocupes, amiga, voy para allá. ¿Cómo se les ocurre tenerte así?

—Sole, el dolor es insoportable, por favor, ayúdame.

Ella es mi súper amiga y no recuerdo mucho más, porque el dolor es tan intenso que no puedo soportarlo. Alrededor de las 16:20, me llevan a la sala de parto. Estoy muriendo de dolor y finalmente podré dar a luz. La agonía de todo un día esperando tu llegada, hijo mío, ha sido terrible. Y entonces comienzan los pujos. Mi bebé no quiere salir. Después de siete intentos, el doctor me dice "lo siento" y aprieta mi barriga. Grito fuerte del dolor, y el 10 de diciembre de 2005, a las 16:45 horas, nace el amor de mi vida, mi hijo Jeusef Andrés. Mi corazón se llena de emoción, miro sus ojitos y lo lleno de amor. Al fin soy feliz.

Una nueva vida comienza para mí, ahora con mi hijo en casa. Andrés y yo nos hemos propuesto estar bien, decidimos vivir juntos y formar un hogar con nuestro hijo. Solo deseo pura felicidad para él y que sea el niño más feliz del mundo. Lo miro y mi corazón se llena de alegría, su aroma en su boquita me enamora aún más. Le canto "Llegaste tú" de Jesse y Joy. Creo que este es el gran premio del que hablaba Sole, Dios me ha enviado este hermoso hijo para cambiar mi vida y llenarla de amor.

Durante la semana, todos vienen a visitarnos: mis amigos de la infancia, mi querida Tania, mis tías, mis primos, todos están encantados. Mi tía Vero le tejió un hermoso traje. Todo es alegría, mi mamá se llena de ilusión, nuevo nieto en la familia, su nuevo amor.

Llega el fin de semana y viene mi hermosa Sole. No había podido venir antes debido a la universidad, pero ahora nos llena de regalos junto a Carita. Estoy feliz de que finalmente conozca a mi hijo. Cuando ella lo ve, sus ojos se llenan de emoción. Le da miedo tomarlo en brazos, no quiere lastimarlo. Ahí está mi hijo, mirándola fijo. Lo toma con delicadeza y lo pone en su pecho dedicándole palabras de amor. Jeusef se queda tranquilito junto a ella y yo solo veo la hermosa unión.

Después de un rato, lo hacemos dormir y les cuento todo lo que viví, la experiencia de dar a luz, era extremadamente sorprendente y a la vez doloroso, pero estaba feliz, aunque me seguía atormentando el hecho de estar gorda, siempre había sido flaquísima, la Sole me mira y dice:

—Susanita, ahora con el pecho vas a bajar mucho de peso. Dale mucho al niño, también le hará muy bien.

—Amiga, eso espero. No aguanto estar tan gorda, si antes era un palo parado. Eso me pasa por haber pensado que era el fin del mundo. Momento de risa para todos...

Preparamos la merienda, los chiquillos han traído delicias para comer. Abro los regalos y son trajecitos para Jeusef, están hermosos. Carita disfruta en brazos con mi hijo mientras Sole me cuenta una anécdota del día del parto.

—Susanita, ese día que me llamaste, nosotros con Jodie fuimos al hospital y nos pusimos a reclamar. No era posible que llevaras cinco horas sufriendo y no te hicieran cesárea. Así que alegamos, nos pusimos a discutir y nos echaron.

Todos ríen.

—Pero mi niña, ¿cómo te pones a discutir? Ja, ja, ja.

—Susanita, nos regañaron y nos sacaron del recinto, así que con Jodie no pudimos verte ese día, pero sí llegamos a tu rescate...

Imagino el momento y me río. En realidad, mi niña siempre me ayudaba. Me dijo que me quería mucho y me felicitó por haber salido adelante con todo lo que me había pasado.

Llega la hora de partir y solo pienso en lo feliz que me hace verlos. Les doy un fuerte abrazo y nos despedimos como siempre con un "te quiero". Mis días nublados han desaparecido, solo hay ilusión de ser una buena madre. Tengo ganas de ver a mi hijo crecer. Ahora entiendo por qué tuve que pasar por tantas cosas difíciles, porque esta es mi recompensa, mi gran felicidad.

Hablo con Sole a diario, ella está emocionada con Jeusef. Se preocupa por cómo me siento. En realidad, estoy físicamente pésimo. Me duele todo: los huesos, los pechos. No estoy en mi mejor momento, pero sigo feliz de corazón. Sole me aconseja y me anima, me dice que los dolores pronto pasarán, es cuestión de tiempo. Tuve que cerrar mi centro de depilación, por unos meses, ya que el olor a cera caliente me da asco y aparte mi bebe requiere de mi máxima atención, así que por ahora mantendré cerrado hasta nuevo aviso. No le quise contar a don Rodrigo porque podía sentirse mal. Se que no estaba en una buena situación económica, pero tenía fe en que Andrés encontrará un trabajo estable para que no nos faltara nada.

Llega la Navidad y la pasamos en familia, al igual que el Año Nuevo. Mi Jeusef no sabe de nada, pero nosotros sí, es nuestro primer año con él, lo cual nos llena de felicidad.

Las cosas con mi mamá están marchando bien. Después del nacimiento de mi bebe, ella se acercó a mí a conversar y me pidió perdón por no haber estado conmigo. En realidad, ese distanciamiento me dolió. Pero es mi madre y la amo, por ende la perdone y nuestra relación volvió a ser como antes.

EL DÍA QUE TE VAS...

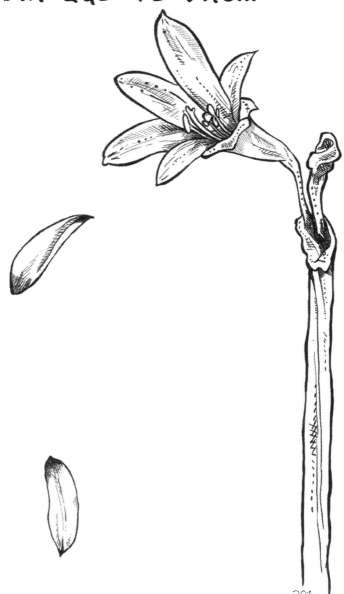

Verano del año 2006, todo es diferente. No hay bikinis, estoy muy gordita y llena de estrías. Subí 22 kilos, pero haré lo posible para volver a ser la flaca que solía ser. Sin embargo, ver los ojitos de mi hijo me llena de amor. Es increíble lo que estoy viviendo, nunca he sentido algo tan hermoso por otra persona. Jeusef llegó a mi vida para frenar mis locuras y hacerme inmensamente feliz.

A mediados de enero voy a visitar a mi amiga Sole. Ella me espera en la bajada del autobús. Llego temprano y almorzamos juntas. La comida está deliciosa y mi amiga luce preciosa. Tiene un nuevo estilo de peinado, con su cabello negro. Finalmente, los tíos conocen a Jeusef y lo tienen en brazos. Dicen que se parece mucho a mí, lo que me llena de alegría. Después, subimos a su habitación y pasamos toda la tarde charlando con Jodie. Adivinen sobre qué tema hablamos: ¡hombres! Cada una cuenta sus experiencias y nos reímos sin parar. Jeusef sigue durmiendo tranquilamente mientras nosotras batimos la lengua toda la tarde.

Al rato, Sole me muestra una sesión de fotos que hace con José y Carita. Parecen modelos profesionales. Crean un fotolog llamado Sole_Adok, que luce muy estiloso. Le pregunto por qué lo llaman así, y ella me dice que es por los fiscales adhok, sin H. Me encanta verla en ese rol de modelo.

Llega la tarde y me acompaña hasta la parada del autobús. Todo el camino, Sole carga a Jeusef en brazos, hablándole y haciéndole gestos. Mi hijo la observa y ríe. Es una conexión hermosa. Nos despedimos con la promesa de vernos pronto.

Jeusef sigue creciendo y las cosas van fluyendo. Mi familia está unida y feliz. Mi sobrina Scarleth ya tiene cuatro años y es una princesa hermosa. Aunque está celosa de Jeusef, yo la miro con tanto amor, mi pequeña es como una hija para mí.

La relación con Andrés comenzó a empeorar. Intentamos seguir juntos, pero no funciona. Siento que nuestro amor se ha desvanecido y que solo estamos juntos por Jeusef. No quiero seguir así, porque eso no es lo mejor para mi bebé, aunque él aún no lo perciba. No es auténtico y yo deseo un amor verdadero. Mi papá finalmente conoce a su nieto y se emociona. Lo veo chocho con mi hijo, me pide que lo cuide y que no dude si necesito algo, agradezco su cariño. Con la Tania disfrutamos juntas de la maternidad. Matías, su hijo, tiene cuatro años y es un rubiecito hermoso. Pensar que con ella hemos compartido todas nuestras etapas de vida y ahora estamos viviendo una más. Voy a su casa y me invita a almorzar. Allí está Gerhard, su hermano del medio. Crecimos juntos. También me reencuentro con mi tía Gaby, la madre de Tania, y con Fran, su hermanita pequeña. Pasamos una tarde llena de amor y conversación. En un momento, Tania menciona que está eligiendo la madrina para Matías. Me mira y dice:

—La mejor persona para ser la madrina de mi hijo eres tú, amiga... ¿Quieres ser la madrina de Matías?

No puedo creerlo. Realmente, Tania me hace muy feliz.

Toda emocionada, le digo que sí. Es mi primer ahijado y, además, hijo de mi mejor amiga. ¡No podría ser mejor! Ahora tendré dos "hijos", Jeusef y Matías. Le agradezco por considerarme tanto. Siempre quise ser madrina mi "bebé grande" será mi ahijado, estoy muy feliz.

La arena me cobija, mientras que el sol acaricia mi piel, es un verano caluroso, Andrés nos invitó a pasar un fin de semana en la playa. Este verano será diferente, ya no hay carrete, sino leche y pañales. Todo ha cambiado en mi vida, pero me hace feliz. Estamos en el Quisco. Disfrutamos este fin de semana junto a nuestro hijo, lo llenamos de amor, parecemos un matrimonio feliz, obviamente ya no somos nada, pero intentamos ser los mejores padres para nuestro querido hijo.

Llega marzo y cada vez me enfoco más en ser una buena madre. Sole me habla de sus amigas que también se han convertido en mamá, pero siento que mi maternidad es diferente. Estoy aferrada a Jeusef, no quiero separarme de él ni un segundo. Por eso nunca salgo a carretear, aunque Sole me avise de todas las fiestas con los chicos de la Okupa. Prefiero dormir con mi hijo, quien llena mi corazón. Es algo fuerte lo que estoy experimentando, pero nunca sentí algo tan verdadero y propio. En este momento, solo quiero cuidarlo.

Llega abril y con Sole coordinamos para encontrarnos. Me ayudara a vender algunas cosas y poder subirlas a remate.com. Quiero contarle que estoy sola, pero decido esperar a que venga el sábado a mi casa para tener una conversación más tranquila. Seguimos hablando de todo y más. La escucho tan entusiasmada con nuestra junta. En ese momento, llega Andrés, viene a visitar a Jeusef, me hace señas para cortar. Al parecer necesita hablar conmigo. Lo miro y le pido que me espere.

En eso, Sole me dice:

—¡Susanita, te tengo un regalo!

—¿Por qué, mi niña? No es mi cumpleaños.

—Susanita, te junté mercadería para llevarte el sábado. ¿Se enojará tu mamá?

Me quedo en silencio, emocionada. Desde el primer día, sentí que ella es un ser maravilloso, lleno de virtudes. Siempre se preocupa si tengo suficiente para comer. Solo quiero abrazarla y digo:

—Sabes que te amo mucho, ¿verdad? ¿Por qué eres tan bella? Gracias por preocuparte tanto por mí. Te amo, amiga. Me dan ganas de llorar...ella responde.

VIVE LA VIDA ÑIÑA

Yo solo quiero ayudarte en todo lo que necesites. Susanita, ¿te tinca si ese día vamos a tomar un helado con Jeusef?

Aun emocionada le respondo.

—¡Ñiña, no tengo plata!

—Susanita, yo los quiero invitar y así paseamos con Jeusef.

—Linda, mi niña, gracias. Nos vemos el sábado, bacán. Te quiero tanto, mi Sole. Gracias por darme felicidad.

—Susanita, siempre estaré junto a ti...

En eso nos despedimos y corto con mis ojos emocionados de tanto recibir amor de esta bella mujer.

Dirijo mi mirada Andrés y ahí estaba el, al parecer quería volver al tema de nuestra relación. Lo escucho pero con voz clara y tranquila le explico que no podemos seguir intentando algo que claramente es un fracaso. Siempre estaremos unidos por Jeusef. Le pido que me prometa que no nos dejara y que siempre estará junto a él. El me mira con sus ojos con lágrimas y me promete que siempre estará. Solo deseo que sus promesas sean reales y que no me deje sola con todo esto. Debo comenzar a buscar trabajo y salir adelante por mi hijo, pero al mismo tiempo me duele dejarlo en una sala cuna porque es muy pequeñito. La vida se complica, no quiero separame de mi porotito, pero también debo buscar la solución para darle la vida que el merece.

Llega el sábado y Sole no puede venir. Me llama para explicarme los motivos, debe entregar unos trabajos en la universidad y se siente fatal. La calmo y le pido que no se preocupe, que tenemos el próximo fin de semana para vernos. En eso me dice:

—Susanita, el Benjita está de cumpleaños el otro finde y le haremos algo para celebrárselo.

El Benjita es su sobrino, hijo de Jodie. Es un buen plan, así Jeusef estará con él. Quedamos en vernos el próximo sábado. En realidad, necesito verla, abrazarla y contarle todo lo que estoy viviendo, pero prefiero esperar. No quiero que se achaque por mis temas. En eso, ella salta emocionada y me dice:

—Susanita, el jueves iremos a celebrar el cumpleaños de Jodie a un antro, como en los viejos tiempos.

Guauuuu, qué coincidencia. Madre e hijo están al ladito el uno del otro en las fechas de cumpleaños. En realidad, no quiero dejar a mi bebé. Es muy dependiente de mí. Le digo que más adelante tendremos la oportunidad de carretear. Es difícil para mí separarme de Jeusef, tenemos una conexión fuerte. Mi amiga me entiende, aunque insiste en que vaya. Pero prefiero no hacerlo hasta que Jeusef esté más grande. Nos despedimos con mucho amor y quedamos en vernos el próximo sábado.

Viernes Santo. Debo comprar huevitos para esconderlos para mi bebé. Aunque no coma chocolates, me los comeré yo. Al rato llega Kathy, necesita depilarse urgente porque va a viajar. Como es mi amiga, la ayudo. Encendemos la máquina y nos ponemos a conversar. Me cuenta que la relación con sus papás cada día va mejorando. Aunque es difícil tener una relación estable, trata en lo posible de construir algo armonioso. La miro y solo deseo lo mejor para ella. Es una buena hija. Mi amiga necesita tranquilidad para su corazón. De repente, suena el teléfono de mi casa y es Jodie. Me dice:

—Susanita... no voy a hacer el cumpleaños de Benja.

Le respondo.

—No hay problema, de igual forma las iré a ver.

Encuentro rara su voz y le pregunto si está bien y me responde:

—No Susanita estoy pésimo.—Tuvimos un accidente, nos dimos vuelta en auto y Sole fue la más afectada...

—¿QUÉEEE?...

Mi corazón se paraliza, quedo congelada. Siento pánico, apenas puedo responder. Le pido información de dónde está hospitalizada y le digo que voy para allá.

Cuelgo el teléfono y me pongo a llorar. Le cuento a mi mamá y Katty me presta dinero para ir al hospital. En ese momento, me quedo en el sillón pensando y tratando de tranquilizarme. Luego tomo a Jeusef, lo abrigo y me voy camino a la posta. Salgo súper rápido, tomo micro y me siento. Trato de concentrarme para enviarle energía a Sole. El chofer me mira y yo solo lloro con mi hijo en brazos. Rezo y pido a Dios que mi amiga esté bien. Sé que me necesita, tengo que estar cerca de ella. Espero verla para decirle cuánto la amo.

En eso, me bajo y mi sistema nervioso siempre ha sido pésimo. Camino rápido, pero siento que me caigo. Trato de apurarme, pero los nervios no me dejan avanzar. De repente, visualizo a los chiquillos. Va José, Cony (prima de José) y Carita. Les grito para que me ayuden. Empiezo algo desesperada a preguntarles qué pasó, cómo está Sole. Me dicen que me calme, pero estoy muy nerviosa. Luego me cuentan del accidente. El día anterior fueron a celebrar el cumpleaños de Jodie, a un antro llamado Blondie. En el auto iban cinco personas. Carita fue al carrete, pero se bajó antes porque tenía que trabajar al otro día. Ellos continuaron el mambo y al llegar a Maipú, por la calle Pajaritos, en una curva se volcaron. Iban a exceso de velocidad y Sole salió eyectada del vehículo. Estaba sin cinturón de seguridad. No puedo creer lo que ha pasado.

Caminamos rápido, llegamos y está Jodie con más personas, amigos y familia de Sole. Tiene moretones por todos lados, su frente y ojos están hinchados. Ricardo, pololo de Jodie, era el que iba manejando. Su rostro está perdido, me imagino lo que siente. También tiene moretones. Abrazo fuerte a Jodie y lloramos juntas. Aún no hay información de Sole, solo sabemos que está crítica. Ya más tranquila, Jodie comienza a contarnos todo lo vivido y dice:

—Cuando logré salir del vehículo, comencé a buscar a Sole dentro del auto y no la veía. En eso, una persona me indicó que más allá había alguien en el suelo. En mi desesperación fui a ver y estaba mi hermana...

La abrazamos para contenerla, pero es difícil el momento. En eso, Jodie dice:

—Sole decía que le dolía el hombro y la pierna. Ahí llegó la ambulancia y se la llevaron a la Posta Central. Hasta ese momento no se sabía nada del estado de salud y ahora menos... —Se larga a llorar.

Mi mente está confundida, tengo imágenes del pasado y del presente con mi amiga. Esto no puede estar ocurriendo. Ella va a salir de este momento. Necesito saber cómo está, no puedo irme sin saber nada de ella. De repente, sale la tía, la mamá de Sole, y nos cuenta que le van a hacer radiografías a los pulmones y que debemos esperar. En eso, trato de que me baje la leche para alimentar a mi bebé, pero para eso necesito tranquilizarme. Me digo a mí misma: "Debo pensar positivo, todo estará bien". Aproximadamente a las 20:00 horas, Jodie sale a decirnos el resultado. Según ella, está mejor y quedamos un poco más tranquilos. Planeamos una cadena de oración a las 3 de la mañana y acordamos venir todos los días a verla, para que no se sienta sola.

Ya más tranquilas y confiando en que todo estará bien, decidimos irnos. No podemos hacer más ahí. No nos permitirán verla. Comenzamos a despedirnos cuando de repente nos cruzamos con el hermano de Sole, Luis, y nos dice:

—¿Chicos, les informaron del estado de mi hermana?

Nosotros le comentamos lo que Jodie nos explicó. Él nos mira y nos dice con lágrimas en los ojos:

—Mi hermana se encuentra en estado crítico. Tiene comprometido un pulmón y medio. Solo lo restante está funcionando. Tiene complicaciones en el cerebro, por ende, el estado es bastante crítico. Les pido que recen por su salud...

Esto es una pesadilla, no lo puedo creer. Mi niña hermosa, mi amiga Sole, está muy mal. Quedamos en silencio, nadie dice nada. En realidad, no es lo que nos dijo Jodie. Se entiende por su nerviosismo. Sabiendo ahora el estado real de Sole, decidimos caminar para tomar micro. Todos llorando, tristes, nadie habla, todos pensando y sumergidos en sus propios recuerdos. Tengo ganas de quedarme con los chiquillos, apoyándonos unos a otros, pero por mi hijo no puedo. Le digo a Alicia, una amiga de Sole, que por favor me avise cualquier cosa, a la hora que sea, si hay novedades. Tomo la micro y me despido de mis amigos con un fuerte abrazo. Ellos caminan hacia su casa. Me instalo en los primeros asientos y me doy cuenta de que es el mismo chofer que me llevó en su momento a la posta central. Me mira y yo, con lágrimas en los ojos, lo miro. Como si supiera lo que estoy viviendo. Mi viaje es el mismo, muchos recuerdos desde que la conocí en adelante. Cada risa, cada llanto, cada promesa, cada momento especial e irremplazable.

Llego a mi casa alrededor de las nueve de la noche y le cuento a mi familia lo sucedido. Me pongo a llorar, no puedo contener el dolor de saber que mi niña está mal. Conversamos un rato con mi hermana, mi cuñado y mi mamá. Les pido que estén en la cadena de oración que acordamos a las 3 de la mañana. Después acuesto a Jeusef y me pongo a rezar, a pedir al Señor que ayude a mi Sole, que le dé fuerzas para seguir viviendo. Le hablo de lo buena persona que es y que tiene derecho a estar con nosotros. Rezo con fe, con todo mi corazón.

Luego, voy al comedor y nos sentamos a conversar. De repente, la imagen de mi amiga llega a mi mente como una lluvia. Es como si estuviera viendo un álbum de fotos y le digo a mi mamá:

—¿Cómo estará mi Sole?

Ella me responde con ternura:

—Tiene que estar bien la carita de muñeca...

Así le decía.

Las horas pasan y siento tanto miedo. Deseo que salga pronto de su gravedad para poder volver a vernos. Necesito recordarle que estoy aquí y que la amo. No sé qué hacer para ayudarla, me siento desesperada. No encuentro la forma de estar a su lado y sacarla de su gravedad.

A las 11:30 de la noche, suena el teléfono. Todos nos miramos y siento un fuerte dolor en el pecho. Me levanto rápido y contesto:

—¡Hola, Susanita, soy Alicia, la amiga de Sole...

—¿Qué pasa? Cuéntame, ¿han informado algo?

Ella responde con voz baja, algo que no alcanzo a entender. Mi angustia crece y le digo:

—No te entiendo, ¿qué pasa?

Alicia repite algo que no logro comprender. En ese momento, no sé si es que estoy bloqueada o si ella está demasiado afectada.

—Por favor, no entiendo. Háblame más claro.

Es, entonces, cuando escucho por primera vez algo que desgarra mi corazón. Mi alma me duele, mi cabeza da vueltas. Todas las imágenes vienen a mi mente. Miro a mi mamá y grito con todas mis fuerzas. Mi hermana me sujeta, mi cuñado me ayuda, y yo grito de dolor:

—¡MI SOLEEEEEEEEEE, NOOOOOOOOOO...! ¡MI SOLE SE MURIOOOOOOO...! ¡MI SOLE SE MURIÓ...!

El 14 de abril de 2006, Sole Recabarren Parraguez parte de este mundo terrenal para comenzar un nuevo viaje al paraíso. Siento un profundo dolor en mi alma. Una parte de mi vida se va con ella y mi corazón se siente destrozado. Me resulta difícil mantenerme en pie y no sé de dónde sacar fuerzas. Estoy completamente devastada. Todos a mi alrededor me abrazan y lloran junto a mí. Es difícil de creer. Mi amada Sole, mi amiga del alma, la niña que siempre me cuidó, ya no está aquí. No puedo aceptar que se haya ido al cielo para siempre. Ya no la tengo a mi lado. En mi dolor, tiro el teléfono y golpeo la pared para liberar la rabia que siento. Es una pesadilla en la que me encuentro.

Esa noche lloro su partida, el dolor desgarra mi corazón. Mi mente me lleva a cada momento que vivimos juntas. Nuestras conversaciones, los sueños, las promesas, que hare hoy si ti mi Ñiña hermosa. No entendía por qué había terminado todo así, me la arrebataron, se llevaron a un ángel que solo entregaba amor en esta tierra. La noche se hace eterna, abrazo a mi porotito y lloro junto a él esta gran pena.

Son las 5:30 de la mañana. Me levanto, trato de sacar fuerzas, en eso abrigo a mi bebe y nos vamos a casa de mi querida Sole. En el camino, los recuerdos nos acompañan. Cada momento en la playa, cuando Jeusef se movió por primera vez en mi vientre. Son tantas cosas hermosas que no puedo evitar llorar. El dolor es insoportable. Me refugio en mi hijo. Cuando llegamos, abrazo fuertemente a la tía y ambos lloramos. Su gran dolor cala hondo en mí. Todo es muy triste. Me acerco al tío sin saber qué decir. Estoy en estado de shock. No encuentro palabras. Solo lo abrazo y lo contengo, mis viejos están destrozados, sus caritas de dolor no dan más, en eso subo a buscar a Jodie, entro a su habitación, llora desconsolada, la abrazo. La pérdida de nuestra hermosa Sole nos deja un vacío inmenso en nuestro corazón. Pasan las horas, el día se hace eterno, nos avisan que Sole llegara alrededor de las cuatro de la tarde. La muerte nos golpea, miro a mi carita, sus ojitos hinchados de tanto dolor, que terrible debe ser para el todo esto.

Comienzan a llegar más amigos y familiares de Sole. Con los chicos decidimos hacer algo especial en nombre de nuestra hermosa amiga, subimos a su dormitorio y comenzamos a escribir una carta para leer en el cementerio. Luego decidimos la canción, que tocaríamos, el día de su despedida, cada uno expresaba sus sentimientos, cada uno estaba sumergido en esta pesadilla. Comenzamos a recordar cual había sido el tema que nos hizo vibrar, en aquellos momentos donde todo era felicidad y acordamos que "Bom Kid / brik bak". Era nuestro himno para la despedida de nuestra hermosa Sole.

Llega la carroza, observo todo, me cuesta creer que la niña más hermosa que conocí esté allí, en ese ataúd. La miro durante un buen rato. Se ve preciosa. Luego se acerca el grupo, nos abrazamos y lloramos su partida. La pérdida de Sole es enorme en nuestros corazones, jamás volveremos hacer lo mismos, hoy faltaba ella, la niña que llenaba de arcoíris nuestros mundos.

Cae la noche, son las tres de la mañana. Cada uno alrededor del ataúd, todos sumergidos en los recuerdos. Quedamos en silencio. Nadie habla. Los miro, me imagino que cada uno visualiza a Sole en alguna etapa de su vida, recordando, pensando y tratando de aliviar el dolor de alguna forma.

Llega el día de tu partida, voy a casa con Tati para bañarme y dejar a Jeusef con mi mamá. Hoy es la despedida de mi amiga, sé que será duro para todos enfrentar este día. Agradezco a mi madre por su apoyo incondicional, me abraza con amor y me da fuerzas, me despido de mi pequeño y con Taty nos vamos abrazadas al último encuentro de nuestra amiga Sole.

Llegamos, todos comienzan a salir de la casa, es hora de partir. Miro a mi amigo Carita, su rostro no da más de sufrimiento, está destrozado. Él fue el hombre que la hizo inmensamente feliz. Recuerdo cada palabra que ella me decía sobre él, cada momento de amor, lo feliz que era a su lado. Y hoy todo se acaba para él. Mis lagrimas recorren mis mejillas, fluyendo de una manera que no puedo controlar, no puedo creer estar viviendo esto. Mi amiga se me va.

Comienzo por ver dónde me iré, cuando de repente Alicia, la amiga de Sole me toma el brazo y me indica que me vaya con ella, agradezco su gesto y caminamos hacia el vehículo de sus padres. Nos vamos en silencio, reflexionando, mi mente piensa muchas cosas. Recuerdo nuestras últimas conversaciones, lo maravillosa que era conmigo. Siempre se preocupó por mi bienestar, tanto económico como emocional. Todo es muy triste.

Llega el momento más triste, el decir adiós. Estamos en el cementerio Parque del Recuerdo. Frente a la tumba de la Ñiña más hermosa que he conocido. Mi corazón está destrozado. Nunca pensé que Sole se iría tan rápido de mi lado. Recuerdo cuando anhelábamos conocer a mi hijo, hablábamos de cuando Jeusef creciera, le contaríamos que se movió por primera vez con ella. Teníamos tantos planes, tantas cosas por hacer juntas. No entiendo por qué la vida, a veces, es tan cruel.

Estoy sentada a un costado de su tumba, convenciéndome de que nunca más podré abrazarla, mirarla a los ojos y escuchar su voz decir Susanita, miro a mi alrededor y todo es tristeza, todos sumergidos en esta gran pena. Le prometo que siempre iré a ver a su familia y apoyaré a Jodie en todo lo que necesite. De fondo, suena la canción de "Bom Bom Kid I don't mind". Ese tema se graba en mi corazón dejando congelado el adiós.

Vuela alto, mi Sole Adok. Siempre estarás en mi corazón. Te prometo que nunca olvidaré todas nuestras promesas. Nunca olvidaré quién eras. Seguiré adelante en esta vida sin ti, pero tu recuerdo estará presente por el resto de mi vida. TE AMO…

DESPUÉS DE TU PARTIDA...

Han pasado dos semanas sin ella, sin sus llamadas, sin su voz. Recuerdo nuestra última conversación días antes del accidente. Casi siempre hablábamos durante una hora, pero ese día solo fueron treinta minutos. Si hubiera sabido lo que iba a suceder, te habría dicho mil veces lo mucho que te amaba. Siempre supe que lo sabías, pero lamentaba esos minutos que nos faltaron para conversar. Tú me dijiste: "Tranquila, el sábado nos vemos y nos ponemos al día". Pero ese sábado nunca llegó. Quedó congelado para siempre en mi corazón. Es doloroso no poder escucharte, es doloroso no oírte decir "Susanita". Debo aprender a vivir con esto.

Por la mañana despierto con la sensación de haber estado con mi amiga Sole. Empiezo a recordar el sueño y lo sucedió. Me doy cuenta de que es exactamente el mismo momento que vivimos en el velorio, cuando eran las 3 de la mañana aproximadamente y vi a los chicos sentados alrededor de su ataúd, quedamos en silencio, sumergidos en los recuerdos. En el sueño, el puesto vacío está Sole, sentada, y me indica con sus dedos que guarde silencio. En eso, miro a los chiquillos y todos, con la cabeza agachada, como tratando de entender lo que había pasado. ¿Habrá sido real? Sole, con el sueño, me vino a decir que estaba justo en ese momento en que todos quedamos en silencio. Lloro de emoción y agradezco haberla visto nuevamente.

Ha pasado un mes desde el viaje de Sole y aquí estoy frente a su tumba con flores, derrumbándome en emociones. Aun no entiendo por qué. Era un ángel que pasó por esta tierra y me hizo feliz con tan solo quererme. Paso toda la tarde junto a ella, duermo en su tumba. La extraño demasiado, tengo la necesidad de contarle todas las cosas que me están pasando. En eso llega su familia. Nos abrazamos con mucho cariño, pero sus rostros se ven demacrados, hay mucho sufrimiento. Yo, en lo posible, trato de hacerlos sentir bien, pero fracaso. Estamos toda la tarde hablando de ella. Les cuento cómo nos conocimos y escuchan con atención. De repente, llegan José y Carita. Imagino que está ahí con nosotros, feliz de que estemos con ella.

Una semana después, Jodie me cuenta que encontró un video de Sole en la cámara fotográfica. Ella ni siquiera se dio cuenta de que lo hizo. Solo dura cinco segundos, pero para nosotros es uno de los más importantes. Es minutos antes de ir al carrete, su último video y sus últimas fotos tomadas. Cuando lo veo, me da mucha tristeza. Ni ella imaginaba lo que iba a pasar.

Llega la noche y me siento muy cansada. Me acuesto junto a mi porotito, lo abrazo, lo beso y lo hago dormir, observo su carita pequeña y tierna, agradezco que este junto a mí, en estos momentos de tristeza y con lágrimas me quedo dormida junto a él.

Estoy en mi sueño, todo es realmente hermoso, inexplicable. Sole está ahí, viste una polera fucsia con cierre, se ve preciosa. Estamos en un carrete como los de antes, todos los chiquillos, bailando, cantando, disfrutando el momento. Sole, que está junto a mí, me pide que la acompañe al baño y nos vamos en forma de trencito, ella detrás de mí, y decimos "talán chiquichí, talán chiquichí". Llegamos a un pasillo y nos ponemos a conversar. Ella agarra mis manos y me dice:

—¡VIVE LA VIDA, NIÑA! ¡VÍVELA COMO YO NO LA PUDE VIVIR! DISFRÚTALA, PORQUE YO NO ALCANCÉ.

La tomo en brazos y la subo a un cajón.
—¡Susanita, ahora somos del mismo porte! Me dice
Nos largamos a reír, nos abrazamos.
—¡TE QUIERO MUCHO SUSANITA!
La miro con felicidad y le respondo
—Y yo a ti, siempre.

En eso despierto. ¡Guauuu! El sueño fue precioso. Despierto con su aroma, siento su abrazo, escucho su voz y me largo a llorar. Estoy desesperada. Miro a Jeusef y está dormido. Siento que Sole sigue junto a mí. Es algo inexplicable, pero sé que es real. ¡Ese sueño fue real! Me vuelvo a estirar, al lado de mi hijo, y lo abrazo con fuerza. Esto es mágico. Mi Ñiña, de alguna forma, me da felicidad.

Pasan dos meses, vuelvo a soñar con ella. Estamos en una esquina de mi casa. Están Carita, Tati, Sole, José y yo. En un momento del sueño, hablamos de que se acerca el cumpleaños de Carita y todos queremos celebrarlo. Sole está un poco más allá y me mira triste. La observo y me acerco.

Me abraza y dice:

—Quiero conversar contigo... Me agarra del brazo y comenzamos a caminar.

—Susanita, ¿recuerdas cuando te vine a visitar?

—¡Siiiiii! ¿Te acuerdas de eso, Sole?

—¡Sí! Estuve contigo ese día. ¡Era verdad, Susanita!

Al decirme eso, quedo tan feliz porque sé que es verdad. Sole está junto a mí, mi corazón está feliz, me siento especial, nuestra promesa sigue en pie, el cielo no nos ha separado.

Conversamos de todo, le hablo de Jeusef, nuestro pequeño, cuando de repente se acerca, me mira y me da un beso. Nos quedamos mirando y nos abrazamos fuerte. Su voz repite que me ama mucho. Abro los ojos en el mismo sueño y me veo arriba de una micro junto a Sole. Estamos de pie conversando, cuando le pregunto:

—¿Cómo es el cielo? ¿Verdad que hay un prado hermoso?

—¡Síií!... Susanita. Es verdad y lo que más me gusta son las flores preciosas...

—¡Sole, con quién vives!

—Vivo sola, igual me aburro, pero me dejan salir todos los días, por eso vengo para acá.

—Yo quiero ir contigo, mi niña...

—Susanita, todavía no es tu turno, pero no te preocupes porque yo todos los meses te vendré a visitar.

Sus palabras me hacen feliz y sé que nada nos puede separar. La abrazo y dice:

—Susanita, debes bajarte en la esquina, no puedes continuar conmigo.

—Un ratito más, Sole. No quiero separarme de ti —digo con voz afligida.

—No, Susanita. Ya es tarde, debo irme...

La abrazo fuerte y cuando voy a bajar me dice:

—¡Te quiero mucho, Susanita!

—¡Y yo a ti siempre...!

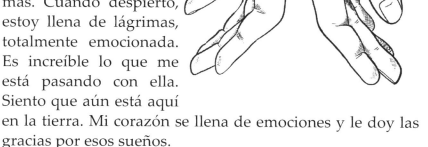

Bajo y me quedo parada mirando cómo se marcha. De repente, comienza a elevarse la micro y luego no la veo más. Cuando despierto, estoy llena de lágrimas, totalmente emocionada. Es increíble lo que me está pasando con ella. Siento que aún está aquí en la tierra. Mi corazón se llena de emociones y le doy las gracias por esos sueños.

Al día siguiente, la voy a ver. La lleno de globos morados y fucsias. En realidad, no es su cumpleaños, pero no tengo dinero para flores. Adorno con globos y escarcha. Sé que le gustan los brillos, igual que a mí. Vuelvo a agradecerle por venir a verme y validar en el sueño que efectivamente estuve con ella. Cuando siento su aroma, sé que ha estado junto a mí. Me siento afortunada de que nuestro amor pueda llegar al más allá y nuestra promesa en vida se esté cumpliendo. Esto me causa mucha emoción. De alguna manera, Sole sana mi corazón.

Cada jueves, voy a ver a los tíos, los papas de Sole. Tengo la necesidad de sacarles una sonrisa de alguna forma. Vamos con Jeusef y el tío me deja alojar en la habitación de mi amiga. Todo está igual, su dormitorio intacto desde la última vez. En su pizarra dice: "Visitar a Susanita", esa visita que nunca se cumplió. Los jueves siempre trato de llevar algo rico para comer, para reunirlos a todos y conversar. El tío me da consejos, me dice que debo retomar mi carrera y buscar un trabajo en contabilidad. Lo escucho y agradezco su preocupación, pero veo tan lejano regresar a mi especialidad. Solo deseo algún día volver a ser la mujer independiente y luchadora que siempre fui. En la casa se siente ese vacío. A veces converso con los hermanos de Sole. Siento que en el fondo les gusta que vaya a ver a los tíos. La tía es muy tierna, siempre me dice "mi niña hermosa" y quiere mucho a Jeusef. En realidad, siempre me siento a gusto con ellos. Puedo pasar toda una tarde a los pies de la cama del tío, hablando de la vida, de mis sueños, de mis anhelos. Me escuchan con mucha paciencia y amor.

Al mes siguiente sueño nuevamente con Sole. Quiere que salgamos a un pub. Siempre quisimos hacer algo así, sin el grupo de amigos, pero nunca lo logramos en vida. Le digo en el sueño que no podemos ir a un pub porque ella está en el cielo, pero insiste en cumplir nuestra promesa de ir al SHOPDOG. Quedamos en encontrarnos a las diez de la noche afuera de mi casa. Le aviso a mi mamá que saldré un rato y le pido que cuide a mi bebé. Ella me mira con cara de espanto y me dice:

—¿Cómo vas a salir? Hace poco tu amiga falleció.

—Mamá, si voy con Sole...

Me mira con incredulidad y responde:

—¡Te estás volviendo loca! ¿De qué hablas?
—Confía en mí... —Le entrego a Jeusef, me pongo una chaqueta y salgo al encuentro con Sole.

Ahí está ella, bajo una torre frente a mi casa. Lleva un polerón negro con gorro que cubre su cabeza y las manos en los bolsillos. Me acerco y nos vamos caminando del brazo, como siempre solíamos hacerlo. Por fin cumplimos uno de nuestros anhelos, salir juntas y disfrutar de un momento a solas. De repente, despierto con el llanto de mi bebé. Me incorporo rápido y lo veo. Me siento feliz, he estado con ella. Lo tomo en brazos y lloramos juntos. En realidad, mi llanto no es de tristeza, sino de emoción. Me siento especial y amada por ella.

En septiembre llega su cumpleaños. Hago con mis propias manos una pancarta con mostacillas que dice "Feliz cumpleaños, mi Ñiña hermosa". Ese día la llenamos de flores y asisten varios amigos del grupo y del instituto. Me reencuentro con algunos de los chicos que no veo hace mucho tiempo. Con Carita es diferente. Siempre me visita. Se queda en mi casa, conversamos sobre ella, reímos, lloramos. Nuestro dolor nos une cada vez más. Se hizo un tatuaje que dice "Sole_Adok". Siempre la llevará marcada en su piel. Yo solo lo miro, quiero apoyarlo, ayudarlo a sentirse mejor, pero su cara triste es imborrable.

Llega mi cumpleaños, los famosos veintiún años. Es mi primera celebración sin ella. Los chicos me preparan una once al estilo antiguo, con gorritos, cornetas, etc. Está Romineisha, amiga de Sole del instituto. Nos volvimos grandes amigas. Dice que Sole le dejó un propósito y es que no me puede dejar sola. Comienza a estar en mi vida, viene a quedarse los fines de semana y disfruta de nuestra compañía. Cada día siento un profundo cariño por ella. Lo que más adoro, que conserva como me decía Sole ¡Susanita!, cada vez que la escucho llamarme así, me hace sentir bien. Se ha convertido en una amiga especial para mi corazón. También está Jodie, me alegra verla salir de casa. Que pueda distraerse un poco de todo lo que ha vivido, me abraza con cariño, nos hemos hecho grandes amigas, yo solo quiero ayudarla y estar junto a ella siempre. Sé que su dolor es aún más grande que el mío. Solo deseo que Dios ayude a sanar su gran herida. También llega Alicia. Hemos compartido varias veces en casa de Jodie. Tratamos de hacerle compañía de alguna manera. Agradezco su visita. Más tarde llega Carita. No podemos contener la emoción, nos abrazamos y comenzamos a llorar. Él siempre venía a mi casa con Sole de la mano. Hoy llega solo. Lo quiero tanto. Solo el tiempo lo ayudará a sanar su dolor. Nos sentamos a la mesa y disfrutamos de las delicias que me trajeron, mi bebe regalonea con todos sus tíos, pasamos una tarde agradable llena de sorpresas y cariño.

Llega fin de año. Mi Jeusef está más grande, más hermoso. Cumple su primer añito. Como ha crecido, se ha convertido en la persona mas importante de mi vida, lo observo, es tan hermoso lo que vivo con él, que me emociona mirarlo. Hoy le cantamos el cumpleaños, aunque aún no tiene idea que significa, yo soy feliz de estar viviendo su primer añito junto a mí.

Después del cumpleaños de mi porotito,

VIVE LA VIDA NIÑA

encuentro trabajo como vendedora en Estación Central. No es lo que quiero, pero debo hacerlo. Aunque siempre tengo gente que me esta ayudando en todo lo que necesita mi hijo. Gerardo, frecuenta mensualmente mi casa y me lleva al supermercado para comprar lo que mi bebé necesita: leche, postres, pañales, etc. Es muy bueno conmigo. Siempre agradezco su ayuda, se ha convertido en alguien muy especial en mi vida.

Primera semana de trabajo y aquí estoy en el local, atendiendo. Sigo pensando que esto no es lo mío, que debo volver a la contabilidad. Pero han pasado dos años y ni me acuerdo. Espero que Dios permita que todo fluya. Es la única forma que tengo de salir adelante. Después de las fiestas, me enfocaré en buscar algo mejor y poder dar una vida digna a mi hijo. Mi sueño es entregarle un hogar, hacer su habitación hermosa. Quiero verlo feliz.

Navidad en nuestro hogar. La mesa está servida y celebramos esta noche de paz. Hoy tengo una sorpresa para mi hijo: el Viejo Pascuero, le trajo un auto a batería. Aunque todavía no sabe quién es el Viejito Pascuero, con esto voy cumpliendo sus deseos. Estoy ansiosa por el momento en que lo vea, sé que le encantará.

Mientras cenamos, hablamos de mil cosas. Camilo nos cuenta que quiere ser soldador calificado, que hará muchas rejas y portones. Siente que ese es su camino y lo escucho con mucha ilusión. Después de todo, comienza a soñar en grande. Mi hermana nos cuenta, de la postulación para tener su casa propia. Sé que le irá bien y regalará a mi sobrina una hermosa casa para vivir. Mi cuñado ha crecido en el ámbito laboral, se ha independizado y abrió su propio negocio. Desde niño pintaba buses y ahora tiene su local, y es su propio jefe. Mi mamá está conociendo a un hombre, y sé que debe darse una nueva oportunidad. La vemos feliz y eso nos alegra. Me pone contenta ver que todos estamos floreciendo de forma hermosa.

A un día del Año Nuevo me siento melancólica, especialmente porque ella ya no está aquí. La noche del 30 de diciembre vuelvo a soñar con mi amiga. Hace tiempo que no la veo. Estamos en Viña del Mar y la noto afuera de una casa en que viví cuando pequeña. Tiene trencitas y el pelo fucsia. Sole siempre tenía su cabello de diferentes colores y era muy estilosa en todos los aspectos. La veo y salgo corriendo para abrazarla, pero algo nos separa y no puedo llegar hasta ella. Su mirada fija en mí, levanta una mano y me saluda desde lejos, regalándome una sonrisa. Yo le grito:

—¡Solee! —Pero no puedo tocarla ni abrazarla. Solo la veo… Hasta que despierto. Lloro emocionada. Sé que sigue conmigo y eso me hace feliz.

Es la noche de Año Nuevo. Todos se arreglan y se ponen bonitos. Mi bebé me tiene tan feliz, es nuestro segundo año juntos. Nunca pensé que sería así, tan dependiente emocionalmente de una pequeña criatura. Siempre he sentido que Jeusef llegó a mi vida para evitar que me desmoronara después de la pérdida de mi gran amiga Sole. Son las doce, se acerca el momento del brindis y nos abrazamos. Salgo al patio y grito:

—¡FELIZ AÑO, SOLE! —Tomo un sorbo de champagne y mis ojos se inundan de lágrimas. Sé que debo ser fuerte, pero a veces la extraño mucho.

NUEVA OPORTUNIDAD...

Verano 2007. Katy y yo nos vemos más seguido. Ella me saca del encierro en que estoy. Nos inscribimos en el gimnasio y empezamos a adelgazar. En realidad, necesito hacer algo por mí misma. Poco a poco, todo empieza a cambiar: mi forma de vestir, los lugares y personas.

Sigo manteniendo la comunicación y las visitas donde mis tíos queridos. El papá de Sole me hace un regalo. Es algo de mi niña hermosa: su computador. Me emociono y se me llenan los ojos de lágrimas. El tío me dice que es para que estudie y haga cursos en línea. Siempre está pensando en que debo crecer.

Un día, mientras hago un currículum en el computador de mi amiga, de repente se me ocurre la idea de escribir y contar la historia de nuestra amistad. Comienzo a relatar todo lo que vivimos. Siento que necesito dejarlo registrado en algún lado para que mi mente nunca olvide esos momentos únicos. Le cuento al tío lo que voy a hacer y él se pone contento. Me dice que le encantaría leerlo, y desde ahí comienza todo...

Se acaba mi trabajo en Estación Central. El dueño me dice que llamará en marzo para volver, pero en realidad no tengo muchas ganas. No quiero ser malagradecida, pero por ahí no va mi futuro. Camino hacia la micro y suena mi teléfono. Es don Rodrigo. Me agrada ver que es él y contesto.

—¿Susana, cómo estás? ¿Cómo está tu príncipe?

—Bien, gracias. ¿Y usted, cómo está?

—Muy bien, gracias. Tengo una oportunidad para ti aquí en mi empresa.

Quedo congelada.

Comienza a contarme que tiene un puesto de asistente de RRHH disponible para mí y quiere que vaya a una entrevista. Me sumerjo en mi emoción, la vida me está dando una nueva oportunidad para crecer. Quedo en shock, mi cabeza da vueltas, ni él imagina cuánto esperaba esta oportunidad. Le respondo.

—Por supuesto, ¿cuándo debo ir? Dígame usted.

—Te espero el lunes a las 15:30, tendrás la entrevista con la jefa de área, así que debes poner todo de tu parte para que te evalúe bien.

—Claro que sí, don Rodrigo. Muchas gracias. —Cuelgo y estoy parada en la alameda gritando de emoción por dentro. Las lágrimas corren por mis mejillas, es mi momento de salir adelante y triunfar. Esto es mejor de lo que pensé.

Han pasado unos meses desde ese llamado y me encuentro sentada en mi escritorio, con muchos sueños por delante, anhelos. Quiero comprarme mi casa, mi auto. Dar un hogar a mi hijo, en fin, son muchas cosas que me gustaría hacer, pero primero debo crecer profesionalmente.

Hoy es 14 de abril, un día penoso para mi corazón. Se cumple un año de tu viaje al paraíso. Un año sin verte, me siento abatida. Sé que estoy floreciendo, pero me faltas tú, amiga de mi corazón. ¿Por qué te fuiste tan temprano? Estabas en el mejor momento de tu vida, estudiando diseño y vestuario. A veces no entiendo por qué seres hermosos abandonan esta tierra, mientras personas asquerosas destruyen la humanidad.

Durante la semana, visito a los tíos. Sé que estas fechas son difíciles para mi segunda familia. Quiero estar siempre allí con ellos. Compro un pollo asado y llego para compartir juntos. En eso se une el Pelao, quien siempre está encerrado en su habitación y casi nunca lo veo. Pero este día está con nosotros y tratamos de amenizar el momento. Yo miro a los tíos, solo quiero abrazarlos y darles mucho amor, pero nada de eso hará que su dolor desaparezca. Solo deseo que Dios les dé la oportunidad de encontrar tranquilidad en sus corazones.

Durante la semana, Romineisha me llama emocionada y me cuenta que ha soñado con Sole. La ve llena de globos rosados y morados, radiante. La escucho sin poder creer lo que me dice. Esos son los globos que solíamos llevar al cementerio cada vez que íbamos. Me largo a llorar y me dice que todo lo que llevamos al cementerio, ellos lo tienen en su casa, arriba. Es hermoso saber eso y más aún, que ella está feliz.

Pasan los meses y Sole no vuelve a aparecer en mis sueños. Hoy estoy aquí en su cumpleaños, frente a su tumba. Vine sola, a Jeusef lo dejé con mi mamá. Traje dos cervezas para compartir como en los viejos tiempos, su cigarro, música y a conversar. Estoy toda la tarde junto a ella. Al rato llegan José, Taty y Carita. ¡Qué gusto verlos! Nunca nos pusimos de acuerdo y hoy Sole nos reúne. Sé que desde el más allá está contenta, finalmente juntos otra vez, como en los viejos tiempos. Había tomado un poco de distancia con los chicos, una por mi maternidad y otra porque me dolía verlos. En realidad, los recuerdos se vienen a mi cabeza y deseo volver a disfrutar de aquellos días, donde todos estábamos juntos. Pero me hace feliz que en cada abrazo siempre sea el mismo amor. Quedamos de visitarnos en algún momento y hacer una junta como antes.

DIFÍCIL MOMENTO...

Año 2008, sigo creciendo laboralmente y me gusta lo que hago. Estoy tomando un café y mirando por la ventana cuando, de repente, se acerca don Rodrigo, mi querido viejo. Me dice que comience a pensar en mi futuro y en lo que quiero estudiar. Al principio lo veo como algo imposible debido al dinero y a los compromisos de mamá, pero cuando intento explicarle, me interrumpe.

—Busca una carrera y vemos el financiamiento. Quiero verte crecer y que cumplas todos tus sueños —dice con emoción.

No puedo creer lo que estoy escuchando. El sueño de estudiar se vuelve aparecer en mi vida. Lo abrazo y le agradezco por la oportunidad.

Durante la semana, comienzo mi búsqueda ansiosa sobre dónde y qué estudiar. Reviso las mallas curriculares y me emociono. Esto será genial para mi vida. Estudiar una carrera, convertirme en una profesional y darle una casa propia a mi hijo. Mil ideas inundan mi mente. Estoy feliz, gracias, Sole, gracias don Rodrigo.

Fin de semana y nos vamos a la plaza a jugar con mi bebe, mi pequeñito de la mano junto a mí, que maravilloso momento. En eso Jeusef me suelta y se va corriendo a unos tronquitos y me grita:

—¡Mamá, mira!

Veo cómo hace equilibrio sobre unos troncos. Es maravilloso ser madre. Me encantaría tener cinco hijos. En eso pasa una madre vendiendo jugo con su hijo y los observo. Él es muy pequeño para estar haciendo eso. ¿Dónde está su infancia? ¿Por qué se la arrebatan? Pero también pienso que no es culpa de la mamá. Quizás sale con su hijo porque no tiene dónde dejarlo. Es triste. Me gustaría hacer algo más, algo para ayudar a todos estos niños y brindarles una infancia como se merecen. Creo que hay poca empatía en este mundo y eso me entristece.

Llega el crudo invierno, abrigarse se ha dicho. Cada vez las cosas van tomando forma. Mis estudios me tienen muy ilusionada, elegí la carrera de Ingeniería Comercial, recuerdo el día que me matricule, estaba toda eufórica en la fila, esperando mi turno. Que hermoso ir cumpliendo de a poco los sueños.

Pasan las semanas y decido visitar a los tíos para asegurarme de que esté bien. Jeusef corre y juega con Benjita. Mientras el tío, me da clases de modulación, de cómo comportarme en una reunión. Lo escucho atenta y sigo todos sus consejos, aunque debo admitir que soy pésima alumna. Él solo quiere que mis sueños se hagan realidad y me convierta en una gran profesional.

En septiembre, recibo una llamada que nunca hubiera querido escuchar. Todo se desmorona. No puedo creer lo que ha sucedido. No entiendo por qué más sufrimiento para esta familia. Solo pienso en los tíos. Por qué la vida sigue golpeándolos. El 18 de septiembre me llama Jodie para avisarme del fallecimiento del Pelao, el hermano de Sole. Todo se derrumba. Los tíos ya no pueden soportar más dolor. Jodie tiene que encontrar fuerzas de no sé dónde para sostener a sus padres. Todo es muy triste. Asisto a su funeral y miro sus rostros. No entiendo por qué otro golpe para esta hermosa familia. Solo le pido a Dios la fuerza suficiente para que salgan adelante. La vida los golpea una vez más.

Después de lo ocurrido, solo me queda seguir dando fuerzas a los tíos. Tengo muy poco tiempo para visitarlos, pero trato siempre de llamarlos y darles amor.

Diciembre del 2008. El tiempo pasa y mi hermano sale finalmente de cuarto medio. Ya es todo un hombre. Lo observo desde mi asiento, donde estoy presenciando su graduación. Tantas cosas que vivió cuando pequeño y hoy está aquí, cerrando uno de los ciclos más importantes de la vida y dándonos orgullo, lo amo demasiado.

Termina mi primer año en el instituto. Me eximí de todas las asignaturas, excepto matemáticas. Tendré que tomar el ramo de nuevo, pero estoy feliz igual. Sé que de a poco las cosas se van a dar.

Salgo a celebrar el fin de año con mis compañeros. Le aviso a mi mamá, para que me vea a mi bebe, tengo ganas de bailar y disfrutar de este gran termino de año. Vamos en el auto, cantando, disfrutando la noche. Nos estacionamos y justo cuando vamos a bajar, una luz gigante y un ruido extremadamente fuerte nos golpea. Salgo eyectada del auto, mi cuerpo se azota en la vereda. Tengo los ojos cerrados y solo escucho voces que me piden que despierte.

Esa noche sufrimos un accidente. Un conductor ebrio choca de frente contra el vehículo en que estaba, provocando un impacto que me lanza a unos metros de distancia. Diagnostico; esguince cervical, esguince de tórax y lesión traumática en cabeza.

Pasan los meses y estoy en proceso de recuperación. Mi bebé me cuida como nadie. Lamentablemente, tuve que dejar el instituto. Tengo dolores de cabeza a diario que no soporto, el cráneo delicado por el golpe junto a la herida y si sumamos mis esguinces que están **más vivo que nunca**. No hubiera podido seguir estudiando. Me encuentro con licencia. Tengo terapias con el neurólogo y dependo de los cuidados de mi mamá para poder fluir de mejor forma. La irresponsabilidad de un conductor ebrio me llevó a este congelamiento por unos meses.

VOLVER A ENCONTRARNOS...

Una mañana, en un programa de televisión, sale una mujer que es vidente. Camina por las calles de Gorbea, en la comuna de Estación Central. Es la misma calle donde mi amiga Sole solía vivir. Hoy en día está desocupada, ya que mis tíos decidieron venderla y mudarse a La Florida. Me causa curiosidad escuchar sobre los espíritus y presencias que rondan por esas avenidas. De repente, la vidente pasa frente a la casa de Sole, se detiene y cierra los ojos. Comienza a describir una presencia en ese lugar. Según ella, se trata de una joven hermosa, con grandes ojos almendrados, tez blanca y mucha fuerza. También visualiza a un chico que busca su lugar y ella intenta ayudarlo. Me doy cuenta de que está hablando de Sole y su hermano. Me quedo atónita, no puedo creer lo que estoy presenciando. En ese momento, pienso que tal vez con la clarividente lograré tener una conexión con mi amiga. Llevo tiempo sin verla en mis sueños y quiero despedirme de ella para siempre.

Pasan las semanas y finalmente llego a la consulta de la vidente. Estoy aquí, es mi turno. Estoy nerviosa, mientras tomo asiento y observo todo a mi alrededor, es un ambiente extraño. La vidente me pide nombre completo, fecha de nacimiento y fecha de fallecimiento de mi amiga. Con voz temblorosa, le respondo. Ella cierra los ojos y se concentra. Estoy muy expectante y ansiosa, deseando saber qué sucederá. Entonces, comienza a describir:

—Joven de 1.65 de altura, tez blanca, ojos almendrados...

Escucho atenta y de repente dice algo que coincide demasiado con la descripción de mi amiga:

—Muy cariñosa, tierna. Veo algo en sus dientes, como una separación en las paletas.

¡Dios mío! ¡No puedo creerlo! La descripción de los dientes confirma que ella está aquí conmigo. Mi corazón se llena de felicidad. La vidente continúa hablando y la describe psicológicamente. Dice que encuentra todo en ella hermoso, que es bondadosa, humilde y carismática. En ese momento, la clarividente abre sus ojos y me dice que Sole está parada a mi derecha, y que le haga preguntas. Me quedo sin voz, no puedo creer lo que estoy viviendo. Muy nerviosa, le digo:

—Quiero que me diga dónde nos conocimos.

La vidente cierra los ojos y responde:

—No fue en Santiago. Fue en un lugar nuevo para ti y para ella...

Quedo aún más paralizada, y es en ese momento cuando ella dice:

—En Los Andes...

Mi corazón late con fuerza. Quedo en blanco. Ella está aquí... está junto a mí... La vidente me dice que haga más preguntas, pero la verdad es que no puedo articular palabras. Me quedo muda.

En ese instante, la mujer me dice:

—Ella quiere darte las gracias por todo el tiempo que has cuidado y ayudado a sus padres. Le gustaban los globos morados y fucsia que le dejabas en el cementerio. Te quiere mucho y su amistad será para toda la vida, como prometieron.

No puedo contener mi emoción. De repente, recuerdo los sueños y le pregunto si todas las veces que ella vino a visitarme en mis sueños fueron reales.

—¡Sí! Siempre fue a verte, aunque ahora es más complicado. Pero de alguna u otra forma, siempre te visita. Dice gracias por ese hermoso cuadro que tienes. Pide que estés tranquila, que ya no habrá terremotos de la misma magnitud en Santiago. Que te quiere mucho y te da las gracias por todo...

Se acaba la comunicación, la vidente vuelve, abre sus ojos y me dice:

—Ella está muy agradecida de ti y dice que es feliz, que siempre la tengas presente en tu vida.

Desde ese día, como nunca, siento una paz en mi alma y mi corazón. Llevaba meses angustiada porque no soñaba con ella, y esto fue un golpe de adrenalina, de fuerza y felicidad. Ese día confirmé que mi cuadro era especial y tenía algo mágico. Meses después que ella falleció, mandé a imprimir una foto en grande y la puse junto a mi cama para mirarla y hablarle a diario. Al parecer ella me escuchaba todo. Me siento tan plena y feliz.

Han pasado los años, sigo trabajando en el área de Contabilidad, siempre busco la manera de aprender algo nuevo y perfeccionarme cada día. Nunca termine la carrera de ingeniería Comercial, pero con toda mi experiencia, me siento de igual forma una profesional. Sigo en el camino de cumplir mis metas, y ahora, a los treinta y cuatro años, cumplo uno de mis sueños más importantes: tener mi casa propia.

Don Rodrigo me dice que confíe en mí, que la casa saldrá porque me lo merezco. Lo miro y escucho con atención, agradeciendo tenerlo a mi lado. Siempre es un apoyo incondicional, con buenos consejos y palabras de aliento. Lo abrazo y le agradezco por todo su apoyo.

Una noche, mientras duermo, comienzo a soñar. Camino por un lugar desconocido, parecido a un parque de diversiones. Subo a un tronco para ver mejor, cuando miro me doy cuenta de que está Sole. Grito emocionada su nombre, ella se da vuelta para mirarme y grita:

—¡SUSANITAAAAAAAAAA!

La emoción de escuchar mi nombre en su voz es indescriptible. Salgo corriendo hacia ella y hace lo mismo. Nos abrazamos con fuerza, sin querer soltarnos. Nuestros ojos se llenan de lágrimas. Nos miramos, con los rostros más felices que nunca. Sole está bella y radiante, y yo me veo más adulta, o mejor dicho, más vieja. La abrazo nuevamente, con todo mi amor, y le pregunto:

—¿Cómo está mi niña? ¿Por qué no me has venido a ver, amiga? Te he extrañado tanto. Ella me responde:

—Siempre estoy contigo, mi niña. Nunca te olvido.

En ese momento, una lágrima cae por mi mejilla y Sole, cariñosa, la seca con sus dedos. Luego me invita a sentarnos en unas galerías. El lugar está lleno de gente, pero nos sentamos en el escalón de abajo. La tomo del brazo, como una abuelita, y me carga en su hombro. En ese instante, una persona se acerca y nos pregunta:

—¿Una foto? Miro a Sole y recuerdo la única foto juntas que teníamos, la sacamos en la inauguración del centro de depilación. Durante años, busqué y averigüé quien tenía los negativos, pero nunca llegaron a destino. Se decía que el Koala la había llevado, pero en realidad no era suya y nunca pude recuperarla. Era nuestra única foto juntas antes de que ella falleciera. Le digo a Sole:

—¿Recuerdas la foto que nos sacamos en la inauguración del centro de depilación?

—¡Sí, Susanita! —responde ella con alegría.

—Esa foto nunca me la pasaron. El Koala no sabía de quién era la cámara y nunca pude recuperarla. Era un recuerdo preciado que se perdió antes de que nos dejaras.

—Susanita, ahora la sacamos y te la quedas para ti.

Nos abrazamos y el fotógrafo nos toma la foto. Ambas reímos felices y al cabo de unos segundos, me la entrega. La miro, el cambio físico es evidente. Han pasado trece años para mí y no han sido en vano. Sole parece una niña pequeña a mi lado, como si fuera su madre a simple vista. Miro en su dirección para decirle algo, pero ya no está... Me quedo con la foto en la mano, donde claramente ella sale junto a mí. Despierto emocionada y feliz por el encuentro y por esa imagen, pero también me pregunto si es una señal para intentar recuperar la fotografía que perdimos en la realidad. Mil preguntas rondan mi cabeza, nunca pude verla, pero la que nos sacamos en el sueño queda grabada en mi corazón.

Miro a mi bebe, ya tiene trece años, un adolescente. Me siento orgullosa de él. Es un hijo muy comprensivo, maduro y apañador. Este año nos prometimos comprar nuestra casa y la vamos a cumplir. Visualizo todos los colores que quiero ponerle, imagino un jardín que transmita energías positivas. Quiero diseñar el baño, las habitaciones, en realidad todo me entusiasma. Este es mi sueño de toda la vida y siento que lo voy a lograr.

Llega el invierno y con Jeusef estamos felices, porque finalmente encontramos la casa que vamos a comprar. Mi vida se llena de colores maravillosos. Por fin le daré una casa a mi hijo. Durante la semana, el banco me llama y todo está listo para firmar los papeles. ¡Guauuu! Esto me llena de ilusión. Miro el cuadro de Sole, le guiño un ojo y voy con todo. Al día siguiente, nos levantamos temprano y nos dirigimos a la notaría para firmar. Siento un dolor en el estómago y todavía no puedo creer que esto sea real, después de tantos años de esfuerzo. Pero ahí estuvo don Rodrigo, alentándome cada mañana, diciéndome que sí puedo lograr todo lo que alguna vez soñé. Siempre ha confiado en mí. Desde que era una niña, me dijo que cumpliría mis sueños porque soy una luchadora. Lo quiero tanto y ha sido una persona tan importante en mi vida. Nunca terminaré de agradecerle todo lo que ha hecho por mí. Estoy lista para firmar, respiro profundo y mi corazón se llena de emoción. Sellando nuestro sueño que se hizo realidad.

CATORCE AÑOS SIN TI...

Han pasado los años desde la partida de mi Sole y su recuerdo aún está marcado en mi vida. La tía siguió enfermando. La pérdida de sus hijos la llenaron de dolor y años después también falleció. Fui a su funeral, por tercera vez me encontraba acompañando a esta familia tan querida y ahí estaba el tío. Ya no podía soportar más dolor, me preguntaba por qué la vida los había tratado así. ¿Por qué tantas pérdidas si eran hermosas personas? Qué terrible es vivir todo esto. Ahora estaba despidiendo al amor de su vida, su mujer, su compañera, la madre de sus hijos.

De mis amigos de la Okupa, la comunicación solo se dio con algunos. Hay otros que solo veo en redes sociales. Sé que el amor está dormido en algún rincón de sus corazones, pero también me alegra ver que algunos cumplieron sus sueños. Como por ejemplo el Benji, hoy es el baterista de un grupo de Punk Rock. Recuerdo que en nuestros carretes siempre hablaba de tocar en una banda y verlo realizado me alegra mucho. Con él hablamos muy poco, pero las veces que tenemos comunicación siempre me recuerda que me tiene en su corazón. El Bastián es el guitarrista de la misma banda. De vez en cuando veo sus videos y escucho sus canciones. Su grupo se llama "RABIA", para que lo busquen. La Taty está en el mundo de las tablas, el teatro, lo que siempre amó. Nunca voy a olvidar el día que la conocí con su faldita de lunares y sus trenzas largas. Tierna, amorosa, fue un flechazo que tuvimos y nunca nos separamos. Con ella estamos en comunicación constante y me recuerda lo mucho que me ama. El Carita está enfocado en todo lo que es carpintería y malabarismos. Mi amigo es seco, hace artesanía, cuadros, dibujos, todo espectacular. Con él también tengo mucha comunicación, cada cierto tiempo nos visita. En la actualidad, la Taty y el Carita unieron sus corazones y hoy tienen dos hijos maravillosos: Lucas y Antu. Son una hermosa familia.

    El Zombie, el año pasado tuve contacto con él. En realidad, después del colegio solo lo vi un par de veces. Sé que nuestra amistad fue muy corta, pero aún lo recuerdo con mucho cariño. El Koala, ¡guauuu! Somos amigos forever, nos prometimos el mundo. Hoy hablamos solo ocasionalmente por nuestros ritmos de vida, pero para mis cumpleaños siempre está. No ha cambiado mucho, pero lo veo bien junto a su entorno. El José sé que cumplió su sueño de viajar y hoy está en el mundo del arte, diseñando y pintando hermosos cuadros. La última vez que nos encontramos fue en la casa de la Taty. Nos juntamos todo el grupo, nos abrazamos, contamos nuestras historias. Ya todos más grandes, más hombres y más mujeres. El Keko lo tengo en redes sociales. En realidad, sé que estudió ingeniería en electrónica, le va súper bien y tiene una hermosa familia. Era uno de los más inteligentes del grupo, eso es lo que veía yo y al parecer fue así. Al Zendo lo busqué por años después del colegio, solo quería que estuviera en mi vida, lo apreciaba mucho como para perder a un buen amigo. Hoy es malabarista, todo el circo en la calle, se ve feliz con lo que hace. Me pone muy contenta. Aún seguimos teniendo comunicación, cada vez que hablamos nos recordamos nuestro cariño.

    Con el Chino, mi compañero de básica y media, seguimos en contacto. Cada cierto tiempo me agarra para el leseo en redes. Sigue igual, pero todo un profesional con su hermosa familia.

Con la Rominiesha estuvimos mucho tiempo visitándonos, ella fue un pilar muy importante en los tiempos de gran tristeza, agradezco todo su cariño. Hoy tiene su familia formada con dos hermoso hijos Benjamín y Antonella y su pareja Javier, un gran hombre. Actualmente es mi compañero de trabajo, por ende estamos siempre en contacto con mi amiga.

Mi querido amigo Leyton, con este gordo pesado siempre hablamos. Sé que su cariño es incondicional. Me gustaría tenerlo más cerca, pero a veces la pega, la casa y nuestra vida nos frenan. Pero nos queremos y nuestra amistad siempre estará. Mi gordito encontró el amor, tiene una novia llamada Fran. Son muy cómplices y parecidos. Comparten su amor también con sus gatos. Se ven muy felices y los quiero mucho. Actualmente siempre tratamos de hacernos el tiempo para vernos y compartir un rico asado.

Con el Andrés, el papá de Jeusef, al principio tuvimos muchos roces para ponernos de acuerdo. Creo que tenía que ver también con la madurez de ambos. Hasta que logramos y aprendimos a ser buenos padres para nuestro hijo. Actualmente vive en el sur, pero cada cierto tiempo se visitan con Jeusef. La Kathy terminó sus estudios de auditoría. Años después, le pedí ser la madrina de Jeusef. Sentía que debía dárselo por haber estado y apoyado en los momentos más críticos de mi embarazo. Ella, con mucha emoción, lo recibió. Actualmente tiene trillizos, Fernandita, Javito y Juanito, son unos revoltosos preciosos y también sigo en contacto con ella. Nos queremos.

Mi Tania, mi amiga de la infancia. Creo que siempre estaremos unidas. El amor es más fuerte. Siempre agradeceré su apoyo incondicional. Se ha convertido en un pilar muy importante en mi vida. La llamo a diario, así como lo hacíamos con la Sole. Ya casada con un gran hombre, Alejandro. Es el afortunado y de esa unión la vida les trajo una hermosa hija llamada Isidora. Con ella tenemos un cariño mutuo. Siempre que me ve me abraza y me dice:

—¡TE QUIERO MUCHO, TÍA SUSANITAAAAA!

Me emociona sentir tanto cariño. Mi ahijado Matías está gigante, está todo un lolo. Respetuoso y un gran hombre. Es muy buen niño, nos queremos mucho. Es como mi segundo hijo. Estoy tan orgullosa de él. Ya está en la universidad. ¡SÍIIII! Será un gran profesional.

Mi hermana Romina, exitosa en su relación con mi cuñado Samuel. Se aman y ese amor les trajo una nueva bendición. Su nombre es Maite, es hermosa y no porque se parezca a mí. Soy su madrina. Fue una felicidad que me eligiera. Tengo dos ahijados. Con Maite tenemos muchas cosas en común, por ejemplo, los gustos, lo místicas que somos, los colores, la ropa. En fin, nos parecemos demasiado y nos amamos.

Mi sobrinita Scarleth, ella es toda una mujer. Matea, reservada. Yo solo la miro, me llena el corazón de felicidad. Me siento orgullosa de ella y de sus logros. Hoy comenzará la universidad. Sé que tendrá mucho éxito. Mis sobrinas son lo máximo. Las amo y son las hijas que nunca tuve.

Mi hermano Camilo ya todo un hombre. En el año 2014 tuvo un hijo llamado Valentino, hermoso bebé. Todos felices con su nacimiento. Pero lamentablemente, la vida y la voluntad de Dios decidieron llevárselo al cielo. Nuestra familia quedó desconsolada, sufrimos mucho. Solo tuvimos el privilegio de estar con él un mes. Ese mes nos dejó mucho amor, muchas enseñanzas. Pero había que levantar a mi hermano. Nos costó salir adelante. Sin duda, uno de los golpes más grandes que ha tenido mi familia.

Después de la partida de mi pequeño Valentino, tuve el privilegio de verlo por seis meses en mis sueños. Me venía a ver, lo tomaba en brazos. Me llenaba de amor y daba paz a mi alma. Hoy mi hermano lleva el dolor marcado en su corazón. Pero también sé que mi Valentino es su ángel protector y le da fuerza para seguir luchando por una vida mejor. Hoy vive en el sur junto a su bella familia. Siii, lo más divertido, es que se enamoró de mi compañera de Colegio, no sé si la van a recordar, pero es la Carol la rubia, sí, jajaja. Quién lo diría. Están muy enamorados y felices. Ella tiene tres hijos maravillosos: la princesa Anais, la hermosa Lía y el pequeño Santiago. Muy amorosos y simpáticos. Mi hermano Raúl, el mayor, disfruta de su gran familia hermosa que tiene, hoy seguimos más unidos que nunca y entregándonos amor del bueno cada día, lo quiero mucho,

Mis padres continúan separados, pero tienen buena convivencia. Con mi papá no nos hemos vuelto a distanciar, cada vez más unidos. Está enfermo, tuvo una parálisis en el lado izquierdo. Sigue con tratamientos y terapias, pero ya salió de lo malo, con secuelas incluidas, pero está bien. Mi mamá trabajando, con sus achaques por la edad, pero se mantiene regia y estupenda, claro que a veces, niña chica para sus cosas. En realidad, siempre fue caprichosa. Solo deseo que cuente con mucha salud y tengamos unión, que es lo que más necesitamos para ser felices.

Con mis amigas del Liceo, tenemos un grupo llamado el Club de Lulú. Las adoro y siempre estamos en contacto, al igual que con los chicos, cada año hacemos junta del 4d de contabilidad y recordamos hermosos momentos en la sala de clases. Qué manera de reírnos cada vez que nos juntamos, Sin embargo, mi amistad con Dani ha sido más especial. La amo profundamente y estuve a punto de perderla, por problemas respiratorios, cayó en coma. Fue una situación muy complicada. Me sentía muy triste, pero siempre iba al hospital y ahí estaba su madre, con los ojos llenos de tristeza y preocupación. Todos orábamos por ella, hasta que al final salió de su gravedad y hoy sigue junto a mí. Tiene un hijo llamado Benjamín, un niño muy educado y con valores. Ella trabaja duro y ha tenido que desempeñar el papel de madre y padre para sacar adelante a su hijo.

Con Fabito, después de varios años, nos volvimos a ver, ya más grandes, más maduros. Ame verlo, se vinieron tantos recuerdos a mi cabeza y solo quedaba un gran cariño hacia él. Nunca olvidare todo lo que me ayudo, inconscientemente me salvo de mis penas y me dio fuerzas para luchar por un futuro mejor. Hoy es padre soltero, tuvo un hijo hermoso y somos grandes amigos, nuestro amor quedo dormido en nuestros recuerdos.

Con mis amigos de infancia, con el que más comunicación tengo es con Mondy. Es mi amigo fiel. Lo quiero mucho y nuestra amistad se fortalece cada vez más. Hoy tiene a su hermosa esposa Nicol y dos maravillosas princesas llamadas Camila y Catita. El manolo finalmente se casó con mi amiga Valeska y tienen tres hijos maravillosos, Benjamín, Alonso y el pequeño Santino, que hermoso el amor, quien lo iba a pensar. Con los demás los veo en redes, pero cada cierto tiempo nos vemos y disfrutamos del cariño que nos tenemos.

Con don Rodrigo, se creó un lazo maravilloso, es mi mentor laboral, seguimos juntos. Él fue quien me abrió las puertas en el campo laboral y también de su familia. Hoy tengo un vínculo afectivo con todos ellos. Tengo mucho que agradecer a él, sin duda una de las personas más importantes e influyentes en mi vida. Nunca tendré suficiente tiempo para agradecerle todo lo que ha hecho por mí. Actualmente lidero un equipo maravilloso de trabajo, todos jóvenes que me roban el corazón. Amo mi trabajo y amo lo que he aprendido de don Rodrigo.

Con Gerardo, nos volvimos a encontrar y nunca olvidaré lo que hizo por mí en momentos difíciles. Le ha ido muy bien en el área de la construcción, tiene su propia empresa y sigue siendo una persona maravillosa.

Con el abuelito de la micro, lamentablemente nunca más lo vi. Pero siempre lo recuerdo, cada viaje, cada momento que tuve con él. Siempre he pensado que fue un ángel que pasó por mi vida con el propósito de ayudarme y protegerme en cada viaje. Nunca lo olvidaré.

Mis queridos primos, Rolito y su bella esposa Dayana, que nos hicimos grandes amigas. Tuvieron una hermosa princesa llamada Constanza. Mi regalona. En el año 2014 también perdieron a un bebé, llamado Damiancito. Con todas las experiencias vividas, creamos lazos de amor y unión aún más fuertes. Prometí siempre estar con ellos. Actualmente, tuvieron otra hija llamada Valentina, que ha llenado sus corazones. Es un ser de luz y es bellísima. Cada vez que me ve me llena de amor. Hace poco decidieron nuevamente ser padres, de mi preciosa Tabata y adivinen, me eligieron de madrina, mi corazón se llenó de alegría por regalarme ese privilegio. Mi pequeña tiene meses y es la alegría de la casa.

Mi primo Juan Carlos es el viajero de la familia. Anda por toda Europa mostrando Chile con su disfraz del personaje más famoso de todos los tiempos, Condorito. Sigue siendo divertido y cómico como siempre.

Mi tío Hernán falleció años después que Sole. Siempre recordaré toda la ayuda que nos brindó en los peores momentos. Siempre estará en mi corazón con un agradecimiento infinito. Fue un ángel en nuestras vidas.

Mi Mamita Rosa sigue junto a nosotros. Es una abuelita con más de noventa años, simplemente hermosa. Tengo un amor profundo por ella, sé que en algún momento se ira al cielo, espero que ese día no llegue nunca, pero durante su vida me ha llenado de amor puro y verdadero. Creo que un día escribiré sobre ella. Es como una madre para mí, en realidad la amo demasiado y deseo que esté conmigo hasta la eternidad.

Mi querida Jodie ha pasado por tantas cosas en su vida y se avecinaba otra despedida. Semanas antes, me llamó para avisarme que el tío estaba hospitalizado por COVID-19. Estábamos en medio de una pandemia mundial y la noticia me afectó profundamente. Esa noche tuve un sueño: estaba en el patio de la casa de Jodie, arrodillada, llorando emocionada. A mi lado, el tío estaba en una silla de ruedas, acariciándome la cabeza. Ambos llorábamos, pero él me regalaba una leve sonrisa. Me hablaba, pero no podía escuchar sus palabras. Parecía que me explicaba algo que no entendía, mientras seguía acariciando mi cabello. Sentía que me daba las gracias por algo. Cuando desperté, me puse a llorar desconsoladamente. Comencé a preguntarme cómo estaría el tío y qué significaba ese sueño. En mi interior, entendía su significado, pero no quería admitirlo.

Días después, recibí una llamada de Jodie. Mi tío, la persona que siempre me aconsejó que debía ser una gran mujer, estudiar y ser una buena madre, había fallecido. El dolor fue inmenso, pero al mismo tiempo sabía que era su voluntad. Desde que murió la Sole, él solo quería volver a estar con su hija, y ese día cumplió su mayor sueño: reencontrarse con sus hijos y su mujer. Recordé tantos momentos en que pasaba largas tardes a los pies de su cama, conversando sobre la vida. Se alegraba mucho por mis triunfos y me aconsejaba sobre cómo enfrentar la vida y crecer. Recibí infinidad de consejos. Sé que me quería mucho y me sentía afortunada. Creo que se tomó el tiempo de venir a despedirse en mis sueños, por eso lloraba tanto y por eso trataba de decirme que estuviera tranquila, que estaba feliz donde estaba. Nunca olvidaré cada momento con él. Hoy es feliz y sé que está junto a mi Sole. Imagino lo contento que debe estar su corazón.

Mi hermoso hijo Jeusef, se convirtió en un gran hombre, es el amor de mi vida, mi respiración, mi todo, agradezco a la vida por haberme dado tan bello regalo, soy la mujer más feliz del mundo junto a él y le pido siempre a dios, que me de vida para estar a su lado, en las buenas y malas, brindándole amor y cariño para su corazón.

Al final, me gusta saber de todos, algunos más cerca y otros más lejos, pero de alguna u otra forma marcaron mi vida. Por ende, son y serán siempre personas importantes para mí. Hoy puedo decir que la amistad existe y se convierte en una hermosa familia. La vida me ha enseñado tantas cosas, y lo que más destaco es que sin sacrificio no hay victoria, que si no eres constante no hay sueños. Ser humilde te lleva lejos, siempre sé agradecido, camina junto a la empatía, nunca olvides de dónde vienes, lleva amor en tu corazón y siempre expresa tus sentimientos, ya que el tiempo no se recupera.

SIMPLEMENTE ADOK... 2023

Querida, Sole:

Han pasado diecisiete años desde tu partida, amiga, y para mí sigue sintiéndose como si fuera ayer. Tu cuadro aún está conmigo, y cada persona que viene a mi casa se siente atraída por él. Te observan y saben que tiene algo mágico. Hoy vivo en mi propia casa, ¡sí, por fin! Sabes que costó mucho, pero lo logramos. Mi bebé, que ya no es tan bebé, tiene diecisiete años. Nuestro Jeusef, aquel que se movió por primera vez en mi barriguita con tus caricias. Hoy es todo un hombre, ¡ha crecido tanto! Me asombra. Lo que más me gusta es que sabe quién eres y cuánto has marcado mi vida. Ser madre ha sido una de las cosas más maravillosas, él me ha mostrado el verdadero significado de la felicidad. Nunca imaginé tener una conexión tan profunda con otro ser humano. Es mi bebé, es mi vida y soy feliz junto a él, amiga.

Tu nombre, se ha convertido en parte de mi vida. Todo es Adok, todo eres tú. Todo tiene una parte de ti, y eso reconforta mi alma y mi corazón. Hoy sé que la conexión existe y que la amistad puede trascender más allá de la vida terrenal. Nuestra promesa en vida fue real, y solo deseo reencontrarme contigo algún día, abrazarte nuevamente y decirte cuánto te amo. Gracias por haber sido una parte importante en mi vida y en mi historia. Nunca te olvidaré...

VANESSA SALAMANCA

¡Te amo, Sole Adok! Amigas hasta la eternidad, como lo prometimos.
En memoria y siempre dedicado a mi eterna amiga Sole_Adok.

Últimos sueños con Sole... 2023

Primer sueño: Estoy en una habitación desconocida. Estamos recostadas en una cama gigante. En eso veo a mi Sole tumbada, con los ojos cerrados. Taty le acaricia los brazos y dice que pronto se pondrá helada. Yo acaricio sus piernas. En mi interior me doy cuenta de que ella ha fallecido. Estamos inquietas en la cama. Taty me abraza varias veces y yo continúo acariciando sus piernas. Cuando despierto, me siento emocionada. Ha pasado mucho tiempo desde la última vez que supe de ella, pero necesitaba encontrarle sentido. ¿Cuál era la señal esta vez? Pasan dos semanas y llamo a Taty. Le cuento el sueño de manera confusa. Y ella me dice.

—¡Te necesito, Susanita!

Ahí entendí que debía reencontrarme con Taty. De alguna forma, Sole quería que nos viéramos.

Segundo sueño: Llego a una casa antigua. No sé en qué parte está. En eso toco el timbre y sale Taty. ¡Qué agradable sorpresa! Me toma de la mano riendo. Está muy contenta. Entramos a la casa, que es como un laberinto, con ventanas gigantes. Me lleva a la cocina y hay una niña con una camiseta verde y falda rosa, sosteniendo dos tomates, y con una hermosa sonrisa. La miro atónita. Es Sole en su máxima expresión. La abrazo eufórica, feliz, y ella sonríe. Taty brinda y disfruta de la sorpresa que me tenía preparada. Pero Sole no habla, solo ríe. En eso, Taty me toma del brazo y me lleva a una habitación donde está acostado el tío (papá de Sole). No puedo creerlo. Me tiro en la cama y lo abrazo. Está muy alegre y emocionado. Cuando despierto, estoy muy feliz. Por fin volví a verlos. Agradezco su visita, que ha llenado mi corazón…

Tercer sueño: Estoy entrando a la casa de Gorbea, Estación Central (antigua casa de mi amiga Sole). Paso por la sala y voy directo a la habitación de mi niña. Vamos caminando con Jeusef, despacio, lentamente. Sé que será emocionante entrar una vez más en el dormitorio de mi amiga. Abro la puerta y entramos. Su habitación está exactamente como la dejó la última vez que estuvo allí. Comenzamos a recorrerla. Están sus telas, su mesa de corte, la pizarra que aún dice: "¡VISITAR A SUSANITA!". Me quedo parada mirando la escritura, con mucha emoción, y me echo a llorar. Jeusef me consuela y seguimos caminando hasta la salida de su habitación. En eso, nos encontramos con el tío. Me abraza con cariño y nos vamos…

AGRADECIMIENTOS

Esta historia se ha escrito con mucha emoción, nostalgia y dedicación, y finalmente veo su concreción en este lindo proyecto que comenzó en el año 2007. La idea principal era dejar grabados aquellos momentos únicos que viví con mi amiga Sole y así plasmar su recuerdo entre nosotros para siempre.

Mi primer agradecimiento es a Dios, por haber puesto en mi camino a esta bella persona que, en tan poco tiempo, marcó mi vida. Gracias, Sole, por todo el amor que me diste cuando más lo necesitaba.

También quiero agradecer a todas aquellas personas que me apoyaron y se unieron a este sueño, ayudando en la revisión, el montaje, las ideas o las palabras de aliento para que este hermoso libro saliera adelante.

Quiero agradecer al señor Alan Ortega y su señora Bella Garrido, por haberse dado el tiempo de leer la primera versión del libro, gracias a sus palabras y motivación, me impulsaron a terminar y concretar esta hermosa historia.

Agradecer a Carly Alarcón, periodista de profesión, por su generosidad al realizar la primera revisión en bruto de este libro, brindando consejos, observaciones y orientación para que la historia quedara lo más clara y completa posible.

A Eduardo Farias, por realizar la segunda revisión de este libro, ayudando a que la estructura y redacción quedaran lo más claras y entretenidas para el lector.

A Thiene Oliveira de Magalhaes, diseñadora gráfica, por todo el montaje, la ilustración y las asesorías en el lanzamiento, que dieron como resultado un libro lleno de dibujos, plasmando las ideas precisas en esta hermosa obra literaria.

A Vania Valderrama, lectora crítica, por unirse y ser una parte importante de este proyecto en la revisión ortográfica, gramatical y emocional de "Vive la Vida Ñiña".

Agradezco las ideas de cada amigo y amiga que contribuyeron en la construcción de este proyecto, a todos aquellos a quienes les conté sobre este hermoso sueño y que me alentaron y animaron a terminarlo y a sacar a la luz la hermosa historia de amistad entre Sole y Susana.

Doy gracias infinitas por creer en mí, por llenarme de buenos deseos, por apoyarme desde el primer día y por todas las personas maravillosas que he conocido en el camino.

Agradezco a mi hijo, por su paciencia, apoyo y tiempo para terminar mi proyecto y lanzarlo, con el objetivo de que el nombre de mi amiga Sole, quede en la memoria de cada lector.

Made in the USA
Monee, IL
24 October 2023

45094236R00151